D.R.A.M.
MÉMOIRE VIVE

roman

TEXTE INTÉGRAL

© Antony Altman, octobre 2015
antony.altman@gmail.com
ISBN : 978-2-9554258-1-7
Dépôt légal : octobre 2015

Photo de couverture : © Charlotte Jabre, Paris, 2015

ANTONY ALTMAN

D.R.A.M.
MÉMOIRE VIVE

roman

REMERCIEMENTS

À Laurent Bettoni, auteur de nombreux romans, pour son accompagnement dans l'écriture de celui-ci. Cette aide m'a été précieuse.

À toute ma famille et mes amis qui m'ont supporté… et supporté.

« Quiconque oublie son passé
est condamné à le revivre. »
(Primo Levi.)

« L'INFORMATION SUIVANTE EST CLASSÉE TOP SECRET :
REMPLACEMENT BIONIQUE.
JAIMIE SOMMERS.
SEXE : FÉMININ.
ÂGE : 27.
ANCIENNE PROFESSION : JOUEUSE DE TENNIS.
PROFESSION ACTUELLE : INSTITUTRICE.
RÉSIDENCE ACTUELLE : OJAI – CALIFORNIE.
BLESSURES GRAVES. ACCIDENT DE PARACHUTE.
JAMBES, BRAS DROIT, OREILLE DROITE TOUCHÉS.
PROCÉDURE : REMPLACEMENT BIONIQUE.
AUTORISATION : OSCAR GOLDMAN.
COÛT ESTIMÉ : TOP SECRET. »

1

C'était une série des années 1970, j'avais 10 ans et j'aimais *Super Jaimie*.

Mon Dieu, qu'est-ce que j'ai fait ? Pitié, je vais devenir fou. Je ne tiens plus. J'ai mal. Mais qu'est-ce que j'ai fait… J'ai froid. Je ne comprends pas. Comment ai-je pu ?

Au secours, aidez-moi.

Jaimie !

J'ai mal. Mais pourquoi personne ne nous entend ?

Écoutez, vous êtes à dix centimètres. Bande de salauds, vous me touchez pratiquement et vous ne voyez rien, vous n'entendez rien. C'est pas possible, je ne vais pas y passer sous vos yeux, comme ça. Espèces de salauds !

Seigneur… Je n'ai jamais voulu ça.

Je vais changer, je vous jure. Aïe !

Cette fois, je ne m'en sortirai pas. Attends, essaye de te calmer, Gabriel. L'auto-méditation, c'est ça. « Le calme. Le lac sans vagues ». Voilà. Calme-toi. C'est bien. Ils vont bientôt comprendre, forcément, nous sommes en 1992.

J'ai peur. J'ai la trouille. Allez, recommence.

C'était une série des années 1970, j'avais 10 ans et j'aimais *Super Jaimie*…

2

Je savais bien que cette chambre de bonne était ce qui pouvait m'arriver de mieux, mais je ne savais pas pourquoi. Jusqu'à ce miracle, cette rencontre sur mon palier devant la fontaine à laquelle je venais remplir d'eau ma cafetière. Jusqu'à ce que je l'entende, d'abord, puis la vois, ensuite. « Elle ».

— Bonjour, a t-elle dit simplement.

J'ai levé les yeux. Bouffées de chaleur. Extrasystoles. Sur une échelle de 1 à 10, le niveau d'eau de ma Melitta dépassait les 100.

— Bonjour. Vous êtes… la nouvelle… voisine ?

Ma parole, elle ressemble à Lindsay Wagner !

— Oui. Je m'appelle Marzi.

Elle m'a tendu la main. Je l'ai éclaboussée avec ma cafetière.

— Bonjour. Oh, pardon !

— Ce n'est rien, juste de l'eau. À ce propos, j'ai essayé de remplir ma théière, tout à l'heure, mais ça ne coulait pratiquement pas au robinet. Savez-vous si…

— Bonjour.

Je ne savais plus si je le lui avais dit ou non.

— Euh, oui, bonjour… Pour la fontaine, y aurait-il une astuce ?

Super Jaimie avec des cheveux courts.

— Gabriel. Enchanté. Une astuce ?

Problème numéro un : le papier peint marronnasse de ma chambre avec l'armoire recouverte de papier Venilia pleine à craquer de Jours de France. *J'ai bien l'accord de ma proprio pour rafraîchir tout ça, mais que va penser Marzi si je l'invite à prendre un café ?*

— Une astuce ? ai-je répété stupidement.

Problème numéro deux. Non, numéro un : nous sommes à la fontaine commune du septième étage, je viens d'avaler un phénoménal gefilte fish, *et cette saleté de carpe farcie se met à nager à reculons. Vu que les waters sont à un mètre de la fontaine et sa chambre à deux… Je dois absolument me sauver d'ici pour me soulager en paix.*

— Une astuce ? ai-je demandé pour la troisième fois. Eh bien, j'adore cette ambiance de dernier étage, avec son tapis râpé rouge, ses barres de sol dorées, ses luminaires style rococo, juste désuet ce qu'il faut, et… cette odeur de cire, hmmm… J'aime bien entendre aussi ces bruits de machinerie d'ascenseur. Mais l'inconvénient de ces vieux immeubles, ce sont ces coupures d'eau.

— *Tak*, a-t-elle répondu avec une mimique similaire à celle de Jaimie.

— Comment ça, « *tak* » ? Mais ça veut dire « oui » en polonais !

— Oui ! Vous parlez polonais ?

— Pas du tout, mais je pense avoir de lointaines origines polonaises et, comment dire… ça remonte.

— Vous n'êtes jamais allé en Pologne ?

— J'aimerais. Peut-être y retrouverais-je des choses

14

dont j'ai entendu parler dans mon enfance.

— Tout ce qui nous ramène à l'enfance est magique.

— Bon, écoutez, malheureusement je dois y aller, j'ai un rendez-vous important *(filer aux chiottes chez ma mère)*, mais… vous voyez cette trappe au fond du couloir, sous la fenêtre mansardée ?

— Oui, a-t-elle répondu en souriant de nouveau comme Jaimie.

— Il n'y a qu'à grimper sur un tabouret pour accéder directement au toit, avec vue imprenable sur les Grands Boulevards. Je vous les montrerai avec plaisir, si vous voulez.

— Pourquoi pas. Écoutez, j'ai une idée. Puisque vous aimez la Pologne, je viens de recevoir un colis de ma tante de Varsovie avec une de nos spécialités. Il faut vraiment que vous goutiez ça, c'est de la carpe.

Je ne vais plus tenir bien longtemps.

— On pourrait la savourer sur le toit, un de ces soirs.

— Alors là, formidable ! Mais je dois vraiment filer. Sinon, c'est quand vous voulez.

J'ai pris mes jambes à mon cou. Le tic-tac de la minuterie s'est arrêté à l'instant précis où Marzi m'a répondu *« tak »*. Dans ma précipitation, j'ai entendu *« tic-tak »*.

Le grand soir était pour le lendemain. En songeant à mon futur rendez-vous, je réalisai qu'un seul de ses *« tak »* avait suffi à me transporter. Comment décrire cette sensation étrange ? Un léger picotement très agréable dans la tête ? Peut-être était-ce une petite décharge d'endomorphine. *Tak*, Marzi… *Tak*.

Je l'avais aperçue entretemps dans la rue, elle avait une de ces paires de… qui m'évoquait une chanson de Michel Berger, *Ça balance pas mal à Paris*. M'imaginer la

15

frôlant en la faisant grimper sur notre toit me faisait déjà frémir.

L'heure fatidique approchait. Tout se présentait bien. J'avais arrangé ma chambre en recouvrant les murs de photos de tournage de *Super Jaimie* – Marzi allait pouvoir se rendre compte de sa ressemblance avec Lindsay Wagner –, l'unique point noir était cette carpe. Je n'étais pas encore bien remis du combat gastrique livré la veille chez ma mère.

Je me conditionnais une énième fois afin de ne pas paraître trop émotif lorsque j'ai perçu le bruit de sa porte. Mon cœur s'est mis à battre fort. Cinq, quatre, trois… Toc-toc. J'ai ouvert.

— Bonjour, Gabriel.

Nom de Dieu !

— Bonjour.

Seigneur, quelle beauté. Ces bottes montantes, cette jupe bleu marine, ce foulard bleu à bandes rouges avec ce chemisier assorti, c'était Jaimie dans *Les Naufragés*, cet épisode où elle se fait passer pour une hôtesse de l'air.

— Bienvenue. Euh… Tu as trouvé facilement ? Quelqu'un t'a donné des indications ? Dis-moi, as-tu fais connaissance avec les autres voisins ? Tu me diras, nous ne sommes pas vraiment nombreux.

— En fait, l'occasion ne s'est pas encore présentée.

La tête me tournait un peu.

— J'ai emménagé juste avant toi, mais je peux te faire un point si tu veux.

— Avec plaisir. Tu sais, j'aime bien cette ambiance de dernier étage, ça me rappelle un peu ma Pologne.

Elle a froncé les sourcils avant d'ajouter.

— C'est drôle, je viens d'avoir un flash.

Quelle douceur dans sa voix.

— Je me souviens comme on jouait avec les enfants des voisins, sur le palier. Les après-midi étaient très gais.

Il y avait une intensité particulière dans son regard, plus que de la nostalgie.

— Écoute, ça ne me dérange pas du tout de passer la soirée sur le palier, mais tu peux me faire entrer aussi, si tu veux.

— Non, pardon, bien sûr, je… *Tak* ! Alors, bienvenue dans mon loft.

En apercevant son décolleté un dixième de seconde, j'ai dû m'asseoir d'urgence.

— Tu es dans le cinéma ? a-t-elle demandé en se mettant à examiner mon mur de photos.

— Pas vraiment. Mais je suis très cinéphile et assez pointu sur les séries également.

Devant l'impossibilité de me lever, j'ai enchaîné sur mes voisins de palier.

— Veux-tu que je te fasse un point rapide sur notre étage, alors ?

— Tu aimes bien ça, faire le point.

— Comment as-tu deviné ? Eh bien, la porte entre chez toi et chez moi est celle d'un homme sans âge. Pas trop causant mais pas méchant. Celle d'en face appartient à une hôtesse de l'air. Je ne l'ai entre-aperçue qu'une fois. Au fond du couloir habite un peintre un peu… mystérieux, tu vois.

— Oui, je l'ai déjà croisé. Le genre brun ténébreux, je suis d'accord.

Je me suis levé.

— Euh, un verre de vin blanc, ça te dirait ?

— C'est parfait. Tiens, à ce propos.

Elle m'a tendu la spécialité polonaise que sa tante lui avait fait parvenir.

— Merci. Ouh ! la ! Rien que de l'imaginer dans son aquarium, ça me fait saliver. Il ne fallait pas, tu sais.

— *Nié*.

— Pardon ?

— Ça veut dire « non », en polonais. *Nié*, pas dans son aquarium, dans son seau.

— Son seau ?

— C'est une tradition polonaise. Vers chaque fin d'année, tout le monde va au marché acheter sa carpe.

— Bon, je nous sers nos deux verres.

— Je vais te faire une confidence. Rentré chez soi, on la plonge dans la baignoire et on attend deux ou trois jours qu'elle grossisse avant de la tuer.

— Mais, nous sommes en juin, ai-je bredouillé.

Elle m'a fait un clin d'œil à la Super Jaimie en guise de réponse.

— O.K., je vais la mettre au frigidaire pour conserver toute sa fraîcheur. Tiens. *(Je lui ai donné son verre de vin blanc.)*

— Merci. Tu vas bien ? m'a-t-elle demandé en plissant les yeux.

— Oui, je… Santé !

— Santé !

Puis elle s'est remise à détailler mes clichés sur le mur.

— Vraiment sympa, tes photos de tournage. Dis-moi, qui est cette actrice, déjà ?

— Lindsay Wagner. Elle incarne Super Jaimie.

— Oui, ça me dit quelque chose.

— À mon tour de te faire une confidence. C'était une série des années 1970, j'avais 10 ans et j'aimais Super Jaimie.

— Alors comme ça, tu étais amoureux d'elle ?

De quoi vais-je avoir l'air, maintenant, si je lui avoue qu'elle lui ressemble comme deux gouttes d'eau ?

— Oui, et pour des raisons que j'ignorais, à l'époque.

— Tu m'intrigues.

— Je vais t'expliquer. La photo que tu regardes en ce moment est tirée d'un épisode s'intitulant *Fly Jaimie* – drôle de traduction, pour *Les Naufragés*. Jaimie doit se faire passer pour une hôtesse de l'air, d'où son uniforme, avec ces bottes, sa jupe bleu marine, son foulard bleu à bandes rouges et son chemisier assorti. Au passage, elle ne te fait pas penser à quelqu'un ?

— Pas à notre voisine de palier, en tous cas.

Je vais finir avec une pile.

— Te rappelles-tu de Steve Austin, *L'homme qui valait trois milliards ?*

— Mmm… je me souviens de ce petit bruit lorsqu'il tordait des barres de fer.

— Exact ! Le fameux son métallique avec de l'écho. O.K., essaye de te projeter il y a dix-sept ans, maintenant. Nous sommes en 1975, l'audience de la série baisse dangereusement…

— Es-tu sûr de m'expliquer une des raisons pour laquelle tu étais amoureux de Super Jaimie ?

— J'y viens. Dans *La Femme bionique,* un magnifique épisode en deux parties, Jaimie fait sa première apparition. C'est la petite amie de Steve, ils doivent se marier. Malheureusement, elle décède à la fin. Il faut savoir que l'audience crève le plafond, ce jour-là. C'est le carton plein ! Les producteurs reçoivent alors une avalanche de courrier au sujet de sa mort. C'est là que ça devient intéressant, tu vois.

— C'est là que tu es tombé amoureux d'elle ?

— Ils demandent aux scénaristes de la ressusciter en lui créant sa propre série.

— Et ?

— Ne te moque pas, je te signale que je te parle d'une série qui a contribué à l'émancipation de la femme. Oui, mademoiselle, avec *Wonder Woman* et *Drôles de dames*, toutes ces héroïnes – Super Jaimie en tête – ont contribué à l'égalité homme-femme.

— Tu n'exagères pas un peu, tout de même ?

— Va savoir… Donc, une fois Jaimie décédée, les producteurs flairent la manne. Il faut absolument la ressusciter en lui créant sa propre série. Par une astuce scénaristique, ils la font revenir à la vie, mais amnésique, après son accident de parachute. Lindsay Wagner, alors actrice débutante, se retrouve en position de force, et outre le fait de toucher un sympathique cachet, elle se voit la possibilité de mettre son grain de sel dans les scénarios. Bien sûr, elle doit botter les fesses des méchants à coups de jambes bioniques, mais elle préfère axer la série sur les choses du cœur. Voilà pourquoi cela a fonctionné. Cette authenticité, je l'ai ressentie à l'époque et je la ressens toujours, tu comprends ?

— Dis donc, je ne m'étais jamais imaginé tout ça en la voyant tordre les barreaux d'une prison !

— Laisse-moi te préciser une chose. Avant son accident de parachute, c'est une championne de tennis qui doit épouser Steve, son amour de jeunesse. Ses parents étant malheureusement décédés dans un accident de voiture, elle…

Marzi m'a interrompu net.

— Ressers-moi un verre, s'il te plaît.

Son visage s'est assombri d'un coup.

— Veux-tu que nous montions sur le toit ? lui ai-je alors proposé sans réfléchir.

Je l'ai précédée dans le couloir qui menait à la petite fenêtre. Il y avait ce tabouret vert en Formica, au fond, sous la mansarde. J'ai fait signe à Marzi de me donner la main pour l'aider à grimper dessus.

— Tu me demandes déjà ma main ?

Une magnifique pleine lune nous attendait. Les yeux perdus au loin, nous observions les toits graphiques. Noires sur fond bleu marine, les antennes de télé chatouillaient le ventre des nuages.

— Quel observatoire, a murmuré Marzi.

— Je suis toujours bluffé par cette vue des Grands Boulevards.

Je lui ai désigné du doigt la coupole du Grand Rex qui brillait de mille feux.

— J'ai habité quelque temps par là-bas avec mon grand-père. C'est drôle, je viens d'avoir un flash, comme toi, tout à l'heure, sur le palier. Je me revois devant la fenêtre du premier donnant sur le métro, caché par les feuilles du marronnier juste au-dessus du feu rouge. J'avais 15 ans. J'attendais la sortie de classe d'une lycéenne qui me faisait tourner les sangs. Dès qu'elle apparaissait – parfois après plus d'une heure pour cause de jactance avec un boutonneux –, je dévalais les marches comme le Bip Bip de Tex Avery, pour me retrouver en moins de dix secondes sous le marronnier, plus rouge que le feu. « Tiens, c'est marrant, comme on se retrouve. Et si on se faisait un flipper ? ». Mon cœur battait la chamade.

— J'ai 10 ans, je suis chez ma grand-mère, à Varsovie, assise sur le poêle du couloir. Mes jambes balancent. J'entends le poêle résonner d'impatience. Ces petits bruits de rien du tout, mais qui comptaient bien plus que tout. Les pas craquant sur le parquet. La sonnette de la porte d'entrée. La chambre orange dans laquelle, le front chaud, j'espérais des cadeaux. La salle de bains où coulait l'eau merveilleuse. L'eau qui rassure. Je venais d'avoir 10 ans et...

J'ai senti qu'elle allait me révéler une chose grave.

— Je venais de perdre mes parents dans un accident de voiture.

Comme Jaimie, ai-je songé sur-le-champ. Je n'ai rien su répondre. Les mots sont restés coincés dans ma gorge. J'ai levé la tête en direction des étoiles. Elles aussi disparaissaient lorsque je tentais de les fixer.

— Je ne sais pas ce qui m'a pris de te raconter tout cela, m'a avoué Marzi un peu plus tard.

J'étais assez chamboulé.

— Je pensais à toi et à Jaimie. Je me disais que vous aviez l'air solides et fragiles à la fois.

— Je n'en avais jamais reparlé depuis, tu sais. Ça va faire bientôt douze ans. Tu ferais un sacré psy.

— Un sacré psy... ai-je répété ironiquement.

Il était encore trop tôt pour lui expliquer mon ressentiment vis à vis d'un certain psy.

— Oui, j'en suis certaine. Avec *Super Jaimie*, tu vas jusqu'à analyser, pour ne pas dire « projeter », grâce à l'actrice principale.

— « Projeter », c'est un terme de pro.

— En fait, la psychanalyse m'a toujours attiré, mais de là à faire le pas pour une analyse... Enfin, outre l'aspect financier, je ne sais pas si je m'en sentirais capable.

C'était le bon moment pour changer de conversation.

— À ce propos, que fais-tu, dans la vie ?

— Je suis en première année de philo.

— Pour devenir professeur ?

— C'est un métier très psy !

J'aurais voulu être capable de l'inviter voir la réédition de *Manhattan* au Grand Rex. Une sacrée comédie romantique psy de 1979. Ni poulailler ni orchestre, la mezzanine en plein milieu du balcon pour qu'elle puisse étaler ses jambes sur la rambarde et se sentir près de moi.

— Et toi, que fais-tu, dans la vie ? a-t-elle demandé.

— Oh, je suis comptable, mais c'est pour faire bouillir la marmite, comme on dit. Je fais également du soutien scolaire chez Sœur Emmanuelle.

— Du bénévolat, c'est chouette. Alors tu es aussi dans l'éducation, quelque part, a-t-elle conclu en s'allongeant sur le zinc encore tiède.

La nuit nous enveloppait. Étendus côte à côte, nous regardions la fumée de nos cigarettes monter vers la face cachée de la lune.

— Tiens, la coupole du Grand Rex vient de s'éteindre, a dit Marzi. Sais-tu que tu m'intrigues, avec ta série ? Et si je te demandais comme ça de me raconter le pilote *?*

— Quoi, une petite « projection » privée ?

— Disons… pour comprendre comment fonctionne le projecteur.

— O.K. *Bienvenue, Jaimie*, c'est parti. Alors, imagine une vue d'ensemble de la façade d'un bâtiment fédéral. Zoom avant sur une fenêtre. Oscar Goldman, chef du Bureau gouvernemental des investigations scientifiques, l'un des services d'espionnage américains les plus prestigieux, est assis seul à son bureau,

23

un grand drapeau américain derrière lui. Dans la pénombre, une lampe éclaire faiblement son visage. La caméra se rapproche, il enlève ses lunettes et presse la touche « record » de son magnétophone. On le sent très concentré, extrêmement tendu, lorsqu'il porte le micro à ses lèvres : « Note au ministre. Top secret. Nous avons poursuivi nos recherches scientifiques. Le sujet : la femme bionique, Jaimie Sommers. Monsieur le ministre, je sais les millions de dollars qui ont été dépensés pour rendre Jaimie Sommers bionique. Mais peut-on compter sur ses services après ce qu'elle a vécu ? Tout a commencé quand notre homme bionique, Steve Austin, a retrouvé son amour d'enfance, Jaimie. Après son accident, elle est devenue la première femme bionique. Elle et Steve devaient se marier. Mais le corps de Jaimie rejetait cette greffe. Pourtant, le docteur Marchetti n'a pas abandonné. Grâce à une technique révolutionnaire cryogénique, il a sauvé Jaimie. Mais quand elle revit Steve, son cerveau avait subi des dégâts. Elle avait perdu la mémoire. Steve préféra ne rien dire de leur amour passé. Les souvenirs de Jaimie la faisaient souffrir. C'est Steve qui comprit ce qui lui faisait le plus mal.

"C'est moi, Oscar.

— "Comment ça ?

— "Je lui fais du mal.

— "Alors… Que fait-on, Steve ?

— "On va l'envoyer dans le Colorado, loin d'ici

— "Et loin de toi ?

— "Loin de moi."

« Monsieur le ministre, en ce moment même, Jaimie subit l'opération de la dernière chance. Les docteurs Marchetti et Wells pensent qu'elle peut la supporter. Si l'opération réussit, elle retrouvera la mémoire. Sinon… Je vous tiendrai informé », conclut gravement Oscar en appuyant sur la touche « stop » de son magnétophone. Marzi, veux-tu aller avec moi, demain, voir Manhattan, au Grand Rex ?

— *Tak.*

3

Je n'avais pour ainsi dire, pas pu fermer l'œil de la nuit. J'avais planifié de m'évader deux heures minimum avant notre rendez-vous fixé directement au Grand Rex, pour faire une reconnaissance des lieux et savourer. Flâner sur les Grands Boulevards en arpentant les passages des Panoramas et Jouffroy ; chemin faisant, faire une halte devant ce drôle de restaurant semblable à un wagon de l'Orient-Express, avec des tables comme des compartiments ; traverser la Forêt-Noire et découvrir l'arrière de la place de la Bourse. J'ai ensuite emprunté la rue de la Banque en bifurquant avant la place des Victoires sur cette merveille de galerie Vivienne. J'avais prévu d'y déguster un thé, après le Grand Rex, dans un salon d'époque aux tentures rouges, avec théières en argent, évidemment. Certes, j'allais louper France-Brésil en football – on ne peut pas tout avoir –, mais il n'y avait pas de match face à un rendez-vous avec Marzi.

Une *musica do Brasil* s'est imposée pour le choix de mes vêtements. Vladimir Cosma, *Le Retour du grand blond*. Sur une bossa-nova endiablée, j'ai enfilé mon jean black, ma veste noire – avec une doublure rouge –, une chemise blanche et mes Stan Smith, of course ! Cool et classe, je voulais que Marzi ait l'impression d'avoir rendez-vous avec un New-Yorkais – revenant de Rio – en me retrouvant sous l'affiche noir et blanc de *Manhattan*. On n'a jamais deux occasions de faire une bonne première impression.

J'ai attaqué mon repérage. Il y avait cette bonne odeur du mois de juin. Les gens me regardaient comme s'ils devinaient que j'avais rendez-vous. Ce bonheur des Grands Boulevards juste avant, ce brouillard matinal, ces lumières de la ville. Je le savais, je le sentais, qu'elle aimait aussi rêver un peu comme ça, marcher au hasard, prendre le temps. Je m'imaginais tenir sa main en lui avouant : « *Tak*, Marzi, moi aussi j'adore observer à travers la vitrine d'un bar les gens accoudés au comptoir prendre leur café du matin. »

L'heure fatidique approchait. Pour rien au monde, je n'aurais voulu être en retard à notre première rencontre. Il me restait à peine le temps de peaufiner le parcours le plus romantique qui soit. Le timing était impeccable, j'étais on ne peut plus prêt.

J'avais eu beau tout prévoir, je me suis malheureusement retrouvé un rang devant elle, durant la projection, ce qui n'était pas des plus pratique pour lui effleurer la main. Il était en effet soudainement tombé en moins d'une demi-heure l'équivalent d'un mois de précipitations. Entre le retard de Marzi, l'orage et la Féerie des eaux avant le Walt Disney, toutes les queues s'étaient mélangées, des gamins survoltés avaient piaillé en faisant des moulinets et avaient sauté à cloche-pied dans tous les sens... *Après tout,* ai-je songé pour m'encourager sous le ciel encore menaçant à la sortie, *il me reste mon plan B avec les passages parisiens du quartier.*

« Dire qu'il faisait super beau, ce matin. » Voilà tout ce que j'avais pu baragouiner à Marzi, depuis le début de notre balade, me reprochant de n'avoir su profiter de la confusion aux guichets pour lui prendre la main. Je ne me laissai toutefois pas démonter par ce départ calamiteux et, rasséréné par Woody Allen, j'attaquai sur *Manhattan.*

— Alors, qu'as-tu pensé du film ?

— J'ai beaucoup aimé, mais je trouve ça un peu dommage, tu vois. À mon avis, si Woody avait avoué bien plus tôt à Tracy qu'il l'aimait, ils seraient peut-être encore ensemble malgré leur différence d'âge. Sinon, j'ai adoré quand il s'est demandé pourquoi la vie valait d'être vécue. « Hmm, bon... Louis Armstrong enregistrant le *Potato Head blues...* Marlon Brando... Les pommes et les poires incroyables de Cézanne... Le visage de Tracy... » Et toi, comment as-tu trouvé ?

— Oui...

Tes seins Marzi. Tes seins en forme de pomme ou de poire.

— Allô, la Terre, qu'as-tu pensé du film ?

— Euh... Compliqué, leur amour.

Un nouvel orage approchait.

— Comment ça ?

— Comment, comment ça ? Je ne te parle même pas du mari avec sa maîtresse, mais de la maîtresse qui trompe son amant avec son meilleur ami, qui lui-même brise le cœur de sa compagne, la trompe, tout cela pour être à son tour trompé par la maîtresse de son meilleur ami, au terme de quoi, je te le demande ?

— *Tak !* s'est-elle exclamée en me souriant.

Zut, les premières gouttes !

— Euh… on court ?

— Rapidement, avant que le ciel nous tombe sur la tête ! a-t-elle répondu en me prenant la main.

— Encore une averse ! Je ne comprends pas, il faisait super beau, ce matin !

Une paire d'ailes venait subitement de se déployer dans mon dos. Moins de cinq minutes plus tard, nous atteignions le passage des Panoramas. À l'entrée, je me suis pincé très fort le bras pour vérifier que je ne rêvais pas.

— Aïe !

— Qu'est-ce que tu as ?

— Rien ! J'adore cet Orient-Express, avec son wagon pullman. Ça devait être magnifique, ces trains luxueux d'autrefois.

— Dis donc, tu as vu, même les serveuses sont déguisées en chef de gare.

— Dis-moi, que vois-tu par la fenêtre ?

— Hmmm… Une forêt polonaise.

Je le savais !

Des enseignes d'autrefois sont apparues en plein ciel. « La bonne aventure », « Panorama philatélie », « Stern graveur », « Blanc de blanc Mutine »…

— Gabriel, tu vas bien ?

— Qu'est-ce que je voulais dire, moi, une forêt ?

— Oui, qui sent bon l'automne. Je prendrai mon vélo, demain à l'aube.

C'était une sacrée rêveuse également. J'ai alors aperçu un narguilé. Étonnement, je ne l'avais pas remarqué le matin même.

— Écoute, que dirais-tu de… je veux dire, vu qu'il pleut à verse et que… ai-je bredouillé.

— C'est parfait !

Au bout du passage des Panoramas, nous avons pénétré dans un palais de poche des Mille et Une Nuits, aux lumières tamisées pour nous seuls.

— Hum, cette odeur de tabac aux deux pommes, a dit Marzi en entrant. Ces nuages aux mille senteurs.

— Les couleurs de l'Orient, avec les flûtes de la place Jemaa el-Fna en fond sonore.

— Penses-tu que je pourrais enlever mes chaussures pour marcher pieds nus sur les kilims ?

— Bonne idée, je t'imite. Attends, je vais commander. Euh… *Djoudj chichas, choukrane.*

Pourquoi le serveur écarquille les yeux comme une chouette, ça veut bien dire « deux narguilés, merci » ? *La honte ! La* hchouma !

— Avec deux thés verts à la menthe également, s'il vous plaît.

Je n'en revenais pas de la douceur de sa voix.

— Voilà, calons-nous bien, un pouf derrière le dos.

— Un autre sous les pieds.

— Les professionnels de la rêverie…

J'étais sur le point de lui saisir la main lorsque le serveur est revenu nous installer le matériel. Après avoir allumé les petits ronds de charbon combustible qu'il a posés sur les foyers, il a fait démarrer nos narguilés en prenant de petites inspirations puis nous a donné des embouts en plastique.

— Hmmm, délicieuses, ces bouffées à la pomme, a dit Marzi d'un air songeur, le regard méditatif.

Que ce soit dû aux « Hmmm… » du narguilé ou au contrecoup du trop-plein d'émotions, pour la première fois de la journée je me suis senti en non-décalage, prêt à conquérir le monde.

— Pour en revenir au bénévolat, a poursuivi Marzi, je me disais que l'associatif était peut-être la meilleure des solutions pour améliorer les choses.

— Tu veux dire, dans le sens d'être concrètement sur le terrain et pas dans une tour d'ivoire comme les politiques ?

— J'ai déjà déchiré ma carte du PC, sache-le.

— Je sentais bien que tu étais une personne entière ! Cent pour cent d'accord avec toi sur le bénévolat. Et ce n'est pas moi qui te dirais le contraire avec Sœur Emmanuelle.

— Oui, parle-moi un peu d'elle, s'il te plaît.

— C'est une femme formidable. Comment dire, qui… rayonne. Pour être honnête, je me suis uniquement engagé pour elle, à la base. Je voulais absolument la rencontrer, c'est un client à l'hôtel qui m'a donné envie de la connaître.

— Un client ?

— Oui. J'étais veilleur de nuit pendant mes études, c'est là que j'ai compris que tout le monde avait un besoin fou de parler. Sans que je ne leur aie jamais rien demandé, des inconnus me racontaient leur vie. Une nuit, un homme d'affaires m'a parlé du magnétisme de Sœur Emmanuelle, il m'a donné envie de faire sa connaissance.

— Et Sœur Emmanuelle t'a orienté vers le soutien scolaire ?

— Dans une cité, oui. Elle m'a également parlé du parrainage, mais je ne me sentais pas de taille.

— Le parrainage ?

— Pour les enfants dont les parents sont dans le

besoin. Le week-end, tu les emmènes au cinéma ou au musée. Tu peux aussi leur faire visiter des monuments. Imagine-toi, bien qu'habitant à dix kilomètres de Paris certains ados n'ont jamais mis les pieds dans la capitale.

— Ça ne m'étonne qu'à moitié, tu sais. Les catégories ont tendance à rester entre elles.

— C'est bête mais… je pense avoir eu peur de m'attacher trop à eux, quelque-part.

— Je comprends…

— Pour en revenir aux enfants des cités, les mots de leurs dictés ne sont même plus phonétiques ; ils font, je ne sais pas, partie d'une autre langue. Une chose est certaine en tout cas, les hommes sont souvent dépassés. Ce sont les femmes qui attrapent les gamins par le colback pour nous les ramener.

— *Nous* ?

— Oui. Nous travaillons en binôme, le mien s'appelle Sacha. Je ne te le présenterai jamais, c'est un apollon.

— Hmm, et jaloux avec ça ! Il faut consulter, docteur ! a dit Marzi avec un sourire énigmatique en me fixant bien droit dans les yeux.

Avait-t-elle prêché le faux pour savoir le vrai ? Je n'avais aucun humour à propos des psy, notamment à cause de celui de ma regrettée mère. Pourtant, j'ai répliqué par une pirouette.

— Tu veux dire que je consulte avant toi !

Pour la première fois depuis bien longtemps, je suis resté serein sur le sujet en souriant à mon tour. Et puis il était beaucoup trop tôt pour lui parler des dégâts qu'il avait causé. La magie de Marzi commençait à opérer.

— Donc, les femmes sont leaders, tu dis.

— En règle générale, oui, et Sœur Emmanuelle l'a bien compris. Elle s'appuie sur des locaux très motivés ayant parfaitement connaissances des problèmes ; et pour les chantiers à l'étranger, c'est kif-kif.

— Les chantiers ?

— Ce sont des projets en passe de se réaliser. Tu sais quoi, le siège de l'association est à deux pas d'ici, veux-tu m'y accompagner pour voir ?

— C'est une très bonne idée !

— Ça me fait vraiment plaisir d'avoir découvert ce narguilé avec toi.

Mes yeux brillaient.

— À moi aussi.

— Avec son serveur sorti tout droit de sa lampe d'Aladin. Et puis le cérémonial du thé à la menthe avec la théière en argent cabossée.

— Verser le thé à un mètre de hauteur, observer le jet s'agrandir et rétrécir.

— Et s'agrandir…

Nous avons quitté la galerie. Au sortir de l'Orient, l'Occident nous a accueilli avec une lumière d'après orage magnifique. Nous étions à peine acclimatés à cette nouvelle clarté qu'une *batucada* arrivant de nulle-part – merci France-Brésil – s'est fait entendre. Tous ces tambourins, ces caisses claires, toutes ces percussions secouées, raclées, frottées et frappées, à commencer par les mains et les pieds…

— C'est incroyable, s'est exclamée Marzi.

C'était basique. Primaire. Animal.

— Incroyable.

Il y a eu d'abord nos mains, nos pieds, en cadence,

bam bam. Il y avait du grave, là-dedans, de la peau qui frappe de la peau. Nous avons fermé les yeux, bam bam. Ouvert, fermé, ouvert, bam bam. Une seconde, cette seconde... Bam bam. Vers toi je me suis avancé en te frôlant les mains, tes mains, tes seins, bam bam... bam bam... *Attention, Marzi, ce sont des mots d'amour.* Comme une vague, le désir est monté, et j'ai senti ton mystère, ta douceur, ta violence, ton passé, ton courage, ta souffrance, ta chaleur, ta beauté, ta présence. Ô Marzi, mais ton prénom mille fois, mais ton prénom une fois. Ce besoin de nous serrer dans nos bras. Sentir monter le désir, c'était déjà brûler. Effleurer ton cou où ta peau est si douce, c'était deviner déjà mes futures insomnies. Soudainement je n'ai plus eu peur du futur, j'ai volé, oui, volé, et tu es montée en moi. Mes mots s'arrêtent là où nos images commencent. Juste... le bout... de ta langue... bam bam, bam bam. Douceur, ma douceur, c'était encore plus doux. Magie rouge. C'était encore plus fort. Et puis j'ai également embrassé tes mains – parce que j'aime aussi tes mains, tu sais. Et tout était possible.

Ensuite, nous nous sommes téléportés au siège de l'association. Hasard ou synchronicité, la plaque d'une psychiatre d'un immeuble mitoyen a attiré notre regard au même instant. Nous nous sommes de nouveau embrassés. Comment décrire ce feu d'artifice de mes entrailles, pratiquement cette jouissance, au contact de sa langue ? Reprenant mes esprits, à peine ai-je aperçu Sacha sortir précipitamment de l'immeuble de l'association.

— Salut, a-t-il fait étonné de me voir en si belle compagnie.

Il m'a fallu redescendre sur terre pour faire les présentations.

— Pardon… Sacha, voici Marzi, ma voisine de palier. Marzi, je te présente Sacha, mon binôme.

Je n'en demeurais pas moins ironique.

— Enchanté, a répondu l'apollon.

Il sortait justement d'une réunion au sujet d'un projet de chantier à Cracovie.

— Je comptais t'en parler demain, au soutien.

— C'est chouette. De quoi s'agit-il ?

— Un orphelinat.

Marzi avait les bras croisés. J'ai nettement vu sa main se crisper sur son bras, à cet instant précis.

— Bon, j'ai rendez-vous, je suis très en retard, s'est excusé Sacha. À bientôt, j'espère !

Marzi n'avait toujours pas desserré son étreinte.

4

Ô Marzi, ce petit bonheur de me repasser le film de notre premier baiser des Grands Boulevards. Combien de fois ? Les semaines suivantes ont été fééqriques, les jours heureux, le paradis. Tu habitais sur la planète du Petit Prince ; ton canapé démesuré sous ta fenêtre mansardée. Ce vent dans nos cheveux quand nous nous embrassions. L'Éden, j'ai dit, c'était un canapé volant.

À peine quelques mètres séparaient ta chambre de la mienne, pour notre plus grande joie. Moins de dix pas pour prendre appel et m'envoler. Un jour, nous avons atterri, beaux, heureux et vivants – BHV –, tu avais repéré des ampoules électriques, une petite rouge et une petite verte, j'avais repéré l'Amazonie, un enregistrement de la vie sauvage au cœur de la forêt.

Ensuite, nous avons pris un spaciobus direction la Grande Épicerie. Dans notre cosmo-panier, des sardines volantes, du thé Doux rêves, de l'huile de massage, du champagne rosé. Nous avons poursuivi notre balade féerique, déniché dans une petite épicerie des coupettes en plastique. Au Jardin des plantes, à côté d'un vieux chêne, un petit banc n'attendait que nous. Dans nos flûtes enchantées nous avons bu tout le champagne rosé. Nous nous sommes quittés, nous nous sommes retrouvés. Le soir, tu m'as offert le son, et moi je t'ai offert les lumières, je n'avais toujours pas touché terre.

Dans la jungle amazonienne, à proximité d'une cascade verte, *Mambo miam miam*, nous avons savouré nos sardines. Il y avait des Caracaras à gorge rouge, des Grimpar à collier, des Parulines des rives. Aux frontières du grenat, ça sentait le Doux rêves. Mmm, respirer ton odeur avant de m'endormir.

Parfois, je songeais que je ne méritais pas tout ça, qu'il allait forcément se produire quelque chose ; il y avait d'autres hommes sur terre, et la douceur de ta main dans la mienne devenait douleur de ta main dans la mienne. Une fin d'après-midi, pris d'angoisse, je suis allé frapper à ta porte. Je ne t'ai rien montré, bien sûr. Tu m'as ouvert, m'as souri, et cela m'a suffi.

Sur terre aussi, c'était le paradis. Tu nous avais rejoints, Sacha et moi, chez sœur Emmanuelle, le seul binôme à trois de toute l'association. Les enfants des cités t'adoraient, en quelques semaines à peine, ils t'avaient adoptée. Tu n'avais rien à envier à Super Jaimie, lorsqu'elle était devenue professeur des écoles.

Souvent, après le soutien scolaire, Sacha enchaînait avec un rendez-vous galant. Au préalable, nous prenions un verre tous les trois dans un troquet, au pied de la cité. Après qu'il fut parti, on se léchait les babines. Côte à côte sur le zinc, notre sec beurre-cornichons – avec un panaché – avait le goût du devoir accompli.

Un jour, une irrésistible envie d'écouter de la musique – avec bougies et encens – m'a pris. J'étais tellement heureux, il fallait que j'analyse. Michel Berger, *Que l'amour est bizarre*, pour savourer encore. Recette pour une audition optimale : éteindre toutes les lumières, couper le téléphone, extraire du bout des doigts le disque de sa pochette, souffler sur les microsillons. Poser le vinyle sur la platine avec le petit rond des quarante-cinq tours dessus et, juste avant l'écoute, regarder l'album tourner à vide trente-trois tours par minute. Une idée m'a alors traversé l'esprit. Très claire. Consulter, pour Marzi. Peut-être avait-elle remarqué mon étrange réaction au sujet des psy ? Je voulais absolument éviter qu'elle se pose des questions du genre « Comment vivre une histoire avec un névrosé ? ». J'avais prévu de m'engager avec elle dans une véritable histoire d'amour, j'avais prévu de construire. Mais comment bâtir une relation si l'on ne s'en donne pas les moyens ? Aux grands maux, les grands remèdes. Je me devais de me soigner avant que mes fêlures ne s'agrandissent. Fier de ma décision, j'ai repris mon cérémonial. Poser le bras de lecture, écouter les craquements. Michel a attaqué au plus profond de lui-même : « Dieu, que l'amour est bizarre. Hier, je te croise sans savoir… que je t'aime déjà ». J'ai fermé les yeux, et tu étais là… tellement.

— … et l'État s'occupait des orphelinats, mais c'était avant.

Mais qu'est-ce que ?…

J'étais allongé par terre. Je me suis levé d'un bond pour coller mon oreille à la porte.

— … il s'appuyait sur des locaux, des instituteurs, collectait des vêtements.

Non mais je rêve, ou quoi !

Mon cœur s'est mis à battre fort.

— L'État organisait la cantine…

Nom de Dieu, Sacha !

Sur le point d'annoncer à Marzi la décision la plus courageuse de ma vie, je me suis retrouvé en état de choc, à quelques mètres d'elle. J'ai alors réalisé avoir déjà entendu Sacha parler dans le couloir, le matin même, sans faire le rapprochement. Comme si j'avais besoin de vérifier le son par l'image, j'ai tenté de les apercevoir par le judas.

— … système d'émancipation des enfants.

J'étais fou à l'idée de les avoir présentés l'un à l'autre. Une orpheline avec un futur responsable de chantier ; une belle histoire d'amour était en train de se concrétiser, là, juste sous mon nez.

— … et l'État leur payait une dot.

L'horreur de les imaginer complice. L'horreur de les entendre rire dans le couloir.

— … resocialisation… Cracovie… Serais-tu volontaire ?

J'imaginais dès lors leur voyage en car, vingt-quatre heures côte à côte avec en prime une traversée de la Forêt-Noire. L'enfer. En laissant glisser mon dos le long de la porte, j'ai réalisé que Sacha était un apollon, doublé d'un futur docteur en mathématiques. De quoi avais-je l'air, à côté, avec mon corps chétif, mon look d'ado et mon poste de comptable ?

K.-O. debout, j'ai titubé jusqu'à ma chaîne hi-fi. Et Michel Berger qui venait de me mettre en garde on ne peut plus clairement : « Hier, je te croise sans savoir… que je t'aime déjà. » Ça fait mal de comprendre les paroles d'une chanson. Marzi elle-même ignorait qu'elle allait tomber amoureuse d'un autre, c'est tout.

Je l'entendais d'ici tenter de me raisonner : « Écoute, je sais bien que nous ne nous connaissons que depuis quelques jours, mais aie au moins confiance en moi, à défaut d'avoir confiance en toi. Ne sois pas jaloux, s'il te plaît, nous parlions d'un orphelinat. Oh, et puis je n'ai pas à me justifier ! Mais pour qui me prends-tu, tu te rends compte ? » J'imaginais déjà ses regards gênés, c'est encore pire, en me voyant lui interdire d'avoir pitié de moi. J'avais mal au cœur. Mon cœur débordait. Soudain, je l'ai entendue acquiescer.

— *Tak*...

Puis sa porte a claqué. J'ai sursauté jusqu'au plafond. Sacha venait d'entrer chez elle. Sacha – venait – d'entrer – chez elle. Je n'ai dès lors pensé qu'à une chose : fuir. M'enfuir de chez moi. Quitter cette maudite chambre et m'éloigner le plus rapidement possible de ce foutu immeuble. J'ai lentement ouvert ma porte, parcouru les quelques mètres qui me séparaient du palier de l'étage sur la pointe des pieds ; j'avais la tête dans une ruche et les jambes en coton. Et cet escalier qui n'en finissait pas.

Je me suis retrouvé dans la rue, complètement sonné. Le cauchemar éveillé. J'ai marché au hasard, vu une laverie, y suis entré comme un zombi ; il fallait que je m'assoie. C'était une laverie automatique avec un éclairage blafard. Pour fuir l'enfer de mes pensées, l'enfer du malheur qui venait de m'accabler, j'ai cligné des yeux et me suis mis à tout détailler autour de moi. J'avais une sensation de déjà-vu. Ça m'est revenu, tout petit déjà, je fixais certains moments dans le temps, je fermais les yeux très fort en me bouchant les oreilles, et lorsque je recouvrais l'image et le son, je m'imaginais pouvoir tout reprendre de zéro, lavé pour ainsi dire de tous mes soucis. En face de moi, il y avait un type avec une gabardine, à sa droite une mère s'adressait à sa petite fille dont les pieds balançaient dans le vide. Elle tenait deux lapins en peluche par les oreilles. Sa maman s'est accroupie à sa hauteur pour lui faire comprendre que le plus sale des deux devait prendre un bain. La gamine a hoché doucement la tête, lui a fait des bisous en lui chuchotant que c'était pour son bien, qu'il était trognon et qu'il se sentirait tout propre, après ça. Machine numéro vingt, programme numéro sept. La fillette a fait coucou de la main et puis a regardé un peu sa maman, quand même, pour être bien sûre. L'homme à la gabardine les observait. Ça n'avait pas l'air d'aller non plus. Tout ça pour ça. Pour en arriver à regarder ce lapin à travers ce hublot se débattre dans les eaux. Saut périlleux de lapin blanc. Tandis qu'il se tournait dans tous les sens, qu'il ouvrait en grand les yeux en pensant à son rival, il se gorgeait… s'imbibait. Double flip-flap, les oreilles dressées sur la tête. Un instant, il s'est immobilisé, pris dans des courants contraires à travers le hublot. Au prochain tour, ce serait une triple boucle piquée suivie d'un triple axel. Son lapin en peluche, son lapin cosmonaute, par le hublot, s'est élevé dans les airs – sous les eaux –, tourbillonnant – il y a plein d'images –, des soleils noir – les bras ouverts –, les pupilles agrandies, en position fœtale, tournant derrière la porte de sa lessiveuse, centrifugeuse, broyeuse.

J'ai soudain eu envie de vomir, il fallait absolument que je sorte.

5

J'ai atterri dans un bar de cow-boys, à Bastille, avec au fond, près du zinc, un authentique juke-box américain. L'alcool aidant, j'ai cru reconnaître le décor de *Rodéo*, cet épisode dans lequel Jaimie – Ô Marzi – portait ce fameux jean épousant parfaitement ses formes. Au bout de la deuxième bière, mon voisin de comptoir a entamé la conversation, un rictus aux lèvres.

— Encore un bon samedi soir…

Il avait dû en écumer, des samedi soirs au bar. J'ai « rictussé » à mon tour, en levant ma bière à la santé de rien ni personne.

— Chagrin d'amour ?

Je l'ai regardé, incrédule. Non, je ne voulais plus penser à toi, Marzi, cela me faisait trop mal. Même cet inconnu l'avait compris. Il sentait comment le simple fait de soulever cette bière m'épuisait. Dans ce geste, il y avait toi qui me lestais avec tes cinquante-trois kilos et ma bière qui était si lourde. Le type a tourné la tête et s'est mis à fixer le juke-box.

— Chagrin d'amour ? a-t-il redemandé, une bière plus tard.

Oui, je buvais à mes amours, bien vu, l'inconnu. Tu l'as deviné en m'offrant cette pinte. Il fallait que je voie du monde, que je sois entouré. Voilà. Entouré mais seul dans le brouhaha, pour avoir la force d'analyser... la force de me noyer.

— Ouais... Chagrin d'amour, a-t-il conclu à la troisième bière.

Je n'avais toujours pas dit un mot. Je me suis demandé si mon Nostradamus de comptoir avait prédit qu'elle serait avec lui en ce moment. Inéluctablement, savoir Marzi chez elle – ou pire, m'en douter – et l'imaginer avec Sacha était un véritable supplice pour moi, qui habitait à moins de dix mètres sur le même palier. Mais comment l'expliquer à Marzi ? C'était maintenant qu'il fallait que j'analyse, maintenant que je devais profiter de l'effet loupe de l'alcool qui me donnait le courage d'avoir tous les paramètres en compte. Tu parles, la seule chose que je voyais pointer avec certitude était une engueulade majeure, et cela était bien au-dessus de mes forces. Je le savais au fond de moi, quelque chose ne tournait pas rond. Quelque chose qui me rendait malheureux et m'empêchait de vivre ma vie ; pour preuve, ma réaction démesurée. Douloureusement, j'avais entre-aperçu que cette rencontre avait bouleversé ma vie au point de faire ressurgir des blessures enfouies. Soudain, l'inconnu a levé sa pinte et porté un toast.

— Aux peines de cœur !

Ça m'a tué, qu'il le fasse à cet instant précis. J'ai hoché la tête et commandé une nouvelle tournée.

L'heure avançait, le son montait. Progressivement, le bar se transformait en boîte. Mon voisin et moi étions toujours perchés sur nos tabourets.

— Ça va, amigo ?

Ça tangue fort, j'peux plus fixer. Et maintenant, quoi ? M'accrocher au bar ? Me lever d'une traite, ivre d'intelligence ? Les choses sont simples, au fond. Il suffit d'observer les gens pour les comprendre. Une fois l'alcool dissipé, je n'aurai plus ce pouvoir.

Ma loupe était sur le point de griller. Je me suis retourné vers le *dancefloor*, la foule distordue grossissait.

— « Quand Gainsbarre se bourre, Gainsbourg se barre », m'a révélé mon acolyte en levant son sourcil gauche.

Barré comme la partie de moi qui avait eu le courage d'analyser. Barré comme moi tout court. Une voix d'outre-tombe a alors jailli des haut-parleurs. Elle « parlait-chantait » à la façon de Gainsbourg. C'était une musique de fou.

Bastille, trente-cinq heures du matin. Anges saignés, black-listés, un seul objectif. Pénétrer.

Oui, « Gainsbourg-Gainsbarre » s'était barré, j'ignore qui l'avait remplacé. J'ignore qui m'avait remplacé.

Du cerne de mes yeux songeurs, j'observais mes contemporains. Marteaux de décibels vainqueurs, une bague de sel entre les mains.

— Vodka, please ! a commandé Nostradamus.

Les choses sérieuses commençaient, je n'avais plus le courage d'être moi. Je me suis mis à parler trés fort pour couvrir la musique et « projeter ».

— Parce que, écoute-moi, l'ami, ce qui devait arriver, arrive dans *Rodéo*. Jaimie tombe amoureuse d'un autre que Steve et ça, ça me fait mal, tu comprends ?

— O.K. !

Tu comprends rien, mais j'en ai rien à foutre, que t'en aies rien à foutre.

— Darwin ou Billy, tu sais quoi, peut-être même

que Sacha est son deuxième prénom ! Un cador des mathématiques qui bosse pour l'OSI et…

Dans mon esprit confus, Jaimie allait tomber amoureuse de Darwin… et Marzi de Sacha.

Les hommes de cuir, les nyctalopes, les ingénues, les belles salopes. Cols blancs dorés, Veuve-Clicquot, le nec plus ultra coule à flots.

— O.K. Steve, un cador !

— Fantasque, romantique, et à deux doigts de réaliser son rêve, gagner le championnat de rodéo. Vodka ?

— Vodka !

— Comme Oscar ne veut pas que sa précieuse cervelle soit piétinée, il demande à Jaimie de lui servir de garde du corps « sans que Billy soit au courant, bien entendu » ! Mais ce qu'il n'avait pas prévu, c'est qu'elle tombe sous son charme.

— Ben alors, Oscar ! a beuglé mon meilleur ami.

Le son montait. Les lumières « stroboscopaient ». Gainsbarre « chimériquait ».

Au ralenti en suspension, des femmes aux lignes mélodiques, esclaves de la distorsion, cherchent l'orgasme électronique.

J'étais parti dans *Rodéo*. Je m'étais perdu dans *Rodéo*.

— Il faut dire qu'elle a mis le paquet. Un jean épousant parfaitement ses formes, une chemise blanche aux trois premiers boutons dégrafés. Fatale pour son entretien d'embauche, elle s'approche de lui.

Caniculaire à satiété, qu'on imagine nubienne nue, lutteuse devant l'homme, cambrée, tourneuse de têtes en continu.

— « Salut. On m'a dit que vous n'aviez pas de second. » Et là, Darwin lui répond : « Allez là-bas et dites à Carlos de vous donner Windfire, tous mes seconds l'utilisent. »

Toutes les répliques me revenaient d'un coup.

— Maintenant, visualise. On retrouve cet enfoiré deux secondes plus tard derrière elle, sur un étalon, les mains sur ses hanches. Les hanches de Jaimie...

Putain de bordel de merde, les mains de Sacha sur les hanches de Marzi. C'est intenable. Insoutenable.

— Je visualise ! Vodka !

— « Je crois que ce serait une bonne idée de faire connaissance plus à fond », dit cette ordure en resserrant un peu ses mains autour de sa taille. « Et jusqu'où est-ce, *plus à fond ?* » répond Jaimie. « Oh, eh bien, le temps nous le dira. Dînons ensemble ce soir. »

J'étais en train de perdre Nostradamus. J'ai tenté un dernier appel.

— Hé ! l'ami !

Silence radio, je lui avais définitivement cassé la tête avec mes élucubrations.

Quand *soudain surgit solitaire, une nymphe aux yeux d'odalisque, à faire couler les eye-liners, à redresser les obélisques.*

Plus moyen d'esquiver, plus de projecteur, que du réel. Inexorablement, je me suis retrouvé face à Sacha et toi en train de rire. Il t'avait probablement invitée dans un restaurant à bougies et te resservait un verre de brouilly ; tu lui avouais qu'il était excellent, que tu avais une faim de louve. Lui aussi avait une faim de loup, je le voyais bien tomber instantanément amoureux de toi. Tu as marqué un temps, bu une gorgée. J'ai bu pour ne pas oublier. Je ne voulais plus vous revoir. Jamais !

6

J'ignore comment je suis rentré chez moi. Le trou
noir. Je me suis retrouvé, le lendemain, lamentable-
ment sur le carrelage avec, en plus d'une gueule de
bois carabinée, deux vrilles de mauvaise position de
sommeil dans le dos. En ouvrant péniblement un œil,
mon premier sentiment a été que ma vie allait basculer. J'ai alors entendu des pas dans les escaliers avant
d'avoir un coup au cœur en songeant à Sacha. Bondis-
sant sur ma porte, j'ai collé un œil au judas, et mes
pupilles se sont agrandies.

Fausse alerte, il s'agissait du peintre. Cependant,
mon répit a été de courte durée. Recouvrant peu à peu
mes esprits, je me suis remis à gamberger. Sacha se
trouvait peut-être déjà chez Marzi. Mon cœur s'est
remis à cogner de plus belle. J'ai tenté de me calmer
en les imaginant discuter, mais cette pensée même m'a
rendu dingue. J'ai alors compris que mon paradis venait de se transformer en enfer. Une angoisse diffuse,
proportionnelle à chaque bruit provenant du palier ou
de la cage d'escalier s'était emparée de moi. En
d'autres termes, une simple minuterie allait devenir

l'interrupteur de mes tortures.

Je me suis ensuite mis à perdre la notion du temps ; les premiers signes de la folie, dit-on. Deux minutes ou deux heures plus tard, un cliquetis familier de clés dans une porte m'a fait sursauter ; je me suis instantanément bouché les oreilles. C'est à cet instant précis que j'ai compris que tout était fini. Jamais je ne pourrais vivre ainsi en devenant à moitié fou au moindre bruit sur le palier. Peut-être était-ce dû à un traumatisme du passé, peut-être fallait-il que je consulte avant de finir à l'asile. J'entendais d'ici les sommations de Marzi, je ne pouvais tout de même pas « l'empêcher de parler à Sacha ou n'importe qui, chez elle ou n'importe où ! », en l'occurrence d'un sujet qui lui tenait tellement à cœur : un orphelinat à Cracovie. Et dans quel état me mettrais-je si un voyage de reconnaissance s'imposait là-bas uniquement avec lui ? J'en suis arrivé à la seule conclusion décemment envisageable : fuir avant de trop m'attacher. Après tout, nous ne nous connaissions que depuis quelques semaines.

Étonnamment, tout s'est alors enchaîné très vite. Prenant mon courage à deux mains, j'ai ouvert doucement ma porte en réalisant que nous étions dimanche matin ; Marzi était probablement partie à la piscine. Sur le palier flottait le parfum de ma voisine hôtesse de l'air. Profitant du « cessez-le-feu », j'ai dévalé les escaliers jusqu'au troisième. Par chance, ma propriétaire se trouvait chez elle. Quelle n'a pas été ma surprise lorsque, l'informant de ma décision de quitter les lieux au plus vite, elle m'a fait part de son soulagement. Sa petite-fille venait d'avoir le bac et montait à Paris, alors pouvoir ainsi lui offrir une chambre de bonne dans son immeuble était un grand bonheur. De plus, j'avais l'opportunité, si je le souhaitais, de partir le jour même. Elle me recommandait, « pas plus tard que maintenant », à l'une de ses amies avec laquelle elle venait d'avoir une conversation au sujet d'une chambre pour sa petite fille. Un prix de location similaire et, de surcroît, dans le huitième arrondissement, à proximité du parc Monceau. L'affaire a été conclue sur-le-champ. Je l'ai remerciée solennellement en lui racontant brièvement l'histoire, tout en lui faisant promettre de ne laisser sous aucun prétexte mon adresse à quiconque.

Ainsi, moins de vingt-quatre heures plus tard, j'ai loué une voiture et suis passé prendre la totalité de mes affaires – il restait encore des *Jours de France* dans mon armoire. En m'attardant une dernière fois sur le palier, j'ai contemplé la lucarne au fond du couloir, avec le tabouret vert en Formica pour accéder au toit. Je n'arrivais même plus à prononcer son prénom. Comment allais-je faire pour vivre sans elle ?

Sans elle. Cent elle. Sang elle. Sans ailes.

Le surlendemain, j'ai repris mon travail, toujours sous le choc, à mille lieux d'imaginer ce qui m'attendait. Avant même de rejoindre mon poste, je me suis retrouvé derrière la porte de Schwartz, le directeur de mon cabinet d'expertise comptable, pour ce que j'imaginais être une réprimande consécutive à mon absence de la veille. Le moment était mal choisi pour me faire une réflexion ; en cas de leçon de morale sur le fait de l'avoir prévenu tardivement pour mon déménagement, je ne prévenais de rien. J'ai tenté de m'apaiser du mieux que je le pouvais ; nous étions proches de la fin du mois, peut-être étais-je simplement convoqué pour mon salaire, où devant cette même porte environ à cette époque, je faisais le poireau à la queue leu leu pour y percevoir mon chèque de six mille cinq cents francs brut. Ayant acquis un second cabinet, à défaut de diminuer les payes, cet esclavagiste des temps modernes n'était jamais à court d'idées pour réduire ses frais de personnel. Les employés – quarante-neuf maximum, car il y a possibilité de créer une délégation du personnel à partir de cinquante – n'avaient qu'à prendre la porte s'ils n'étaient pas contents. Passons sur les périodes bilan où nous travaillions jusqu'à minuit, sept jours sur sept, en décembre, sans aucun dédommagement pour les heures supplémentaires, les premiers mai non chômés, les crises de nerfs des employés désabusés mais n'ayant d'autres alternatives, rapport à la crise, etc. En réalité, Schwartz n'était pas expert-comptable, comme il le laissait entendre, mais « expert en comptabilité » – nuance –, d'où son association avec deux véritables experts. Néanmoins, il excellait dans l'art de diriger son petit personnel. Je connaissais son rituel par cœur. À la manière que l'on avait de frapper à sa porte – et avant même de savoir qui était derrière –, ce caméléon savait à qui il avait affaire. Trois coups nerveux pour un collaborateur remonté ou un cadre, il se redressait alors légèrement sur son fauteuil en croûte de cuir gris anthracite ; trois coups espacés pour un salarié ayant un problème avec sa hiérarchie et s'imaginant que le dialogue était la meilleure des solutions pour résoudre ledit problème qu'il n'écoutait même pas. C'est qu'il avait dû en avaler, des séances de programmation neurolinguistique, pour en arriver là. Sachant pertinemment que l'habit faisait le moine, il possédait toute une déclinaison de costumes gris, assortis à ses tempes, et se branchait sur le même canal que vous – auditif, visuel ou kinesthésique. Agacé de mijoter sans même avoir eu le temps de m'installer à mon poste, j'ai frappé trois coups secs.

— Entrez.

Le gris de son costume tirait sur le noir.

— Il y a des jours comme ça où l'on ferait mieux de ne pas se lever, a-t-il marmonné en levant rapidement les yeux.

Je savais qu'il venait de me jauger au passage. Puis il s'est remis à taper nerveusement sur sa calculatrice à bande, tandis que mon regard s'est arrêté sur le mur d'armoires grises autour de lui. Je ne pouvais décemment pas le regarder sans sentir la moutarde me monter au nez.

— Cher ami, asseyez-vous, je vous en prie. Savez-vous pourquoi je vous ai convoqué ?

Ce « cher ami » qu'il balançait à toutes les sauces... Son ton faussement mielleux ne me disait rien qui vaille.

— Je vous écoute, ai-je répondu, les mâchoires crispées.

D'instinct, il s'est incliné de quelques degrés vers l'arrière – il avait dû percevoir de mauvaises vibrations –, ce qui ne l'a nullement empêché de jubiler en me blâmant.

— Vous n'étiez pas là hier, aussi je tenais à vous informer personnellement que dorénavant quatre-vingt-dix francs vous seraient défalqués de votre salaire.

J'ai ouvert des yeux ronds comme des soucoupes, signifiant que je réclamais une explication. Je me suis alors entendu répondre que cela correspondait « naturellement » à ma consommation mensuelle de café, la machine à dosettes fonctionnant sans jeton. Ce à quoi, mû par une pulsion, j'ai répliqué ironiquement.

— Et que se passe-t-il si je n'ai pas envie de prendre deux cafés par jour ?

L'expert en comptabilité, « choqué », m'a répondu qu'il s'agissait d'une moyenne mensuelle s'appliquant à tous les salariés. Je n'ai pu ajouter un seul mot ; j'étais à deux doigts d'exploser, ce qu'il aurait dû sentir.

— Cher ami, calmez-vous. Sachez que je ne suis pas votre père, a-t-il repris.

C'est son « je ne suis pas votre père » qui m'a fait perdre les pédales. Tout s'est ensuite enchaîné très vite. Me remémorant un épisode de *Super Jaimie*, « Faibles femmes », grâce auquel j'avais acquis diverses notions de catch, je me suis approché à moins d'un mètre de lui, la distance dite de sécurité. Avec une assurance qui m'a surpris moi-même, je lui ai ordonné de me répondre.

— Peux-tu me répéter ce que tu viens me de dire ?

N'en croyant pas ses oreilles, il m'a regardé, interdit, avant de s'enfoncer dans son fauteuil en croûte. J'ai alors senti un flot d'adrénaline me submerger – c'était jouissif – et, ne pouvant retenir mon bras droit devenu surpuissant comme si j'avais pris de l'adrénalisine, je l'ai soulevé à plus d'un mètre au-dessus du sol avant de le relâcher d'un coup sec. Voyant qu'il n'opposait aucune résistance – il était toujours interdit –, j'ai alors lentement fait le tour de son bureau en balayant au passage d'un revers de la main sa calculatrice à bande de merde et, comme je l'avais vu faire dans « Faibles femmes », j'ai enchaîné une clé anglaise, une planchette et un bras roulé, avant de le secouer comme un prunier. Hébété, interloqué, il m'a à son tour entendu jubiler en appuyant sur chaque syllabe.

— Regarde bien, mon petit père qui n'es pas mon père, ça c'est une double Nelson.

Le hissant au-dessus de mes épaules en tournant rapidement sur moi-même, je l'ai envoyé valdinguer à l'autre bout de son bureau. Enfin, tandis qu'il gisait à terre, toujours hagard, je lui ai donné ma démission dans la foulée en lui prédisant, l'index pointé, qu'il serait un jour « divinement » puni. Ainsi s'est achevé mon quart d'heure de gloire.

Je n'ai fait en revanche aucune vague chez Sœur Emmanuelle, un simple coup de fil a suffi. Prétextant une quelconque mutation géographique dans mon travail, j'ai promis de passer leur dire au revoir à tous. J'en étais parfaitement incapable, c'était même la dernière des choses à faire pour risquer de tomber nez à nez avec Marzi ou Sacha.

Ayant ainsi perdu tous ceux que j'aimais en moins de quarante-huit heures, je me suis coupé du monde en prime. Et dire que ce n'était que le début de ma descente aux enfers.

7

Le lendemain, j'ai ouvert un œil dans ma nouvelle chambre, au demeurant semblable à l'ancienne, si ce n'est avec une armoire pleine de catalogues la Blanche Porte. Toutes les conditions étaient réunies pour entamer une « série des mêmes jours » de la déprime. Dès cet infime instant proche de l'éveil où j'ignorais si nous étions le jour ou la nuit, tant mon sommeil s'était déréglé, je réapprenais mon malheur. *Je te préviens que si Sacha et toi avez… Oh, si jamais ! Arrête ! Malade. Cerveau malade.* J'enchaînais alors cigarette sur cigarette en écoutant des chansons aux titres évocateurs : *Le Parcours de la peine, C'est pas la peine de vivre*, j'en passe et des meilleures. Vers quinze heures, je poursuivais avec *Le Renard*, une série policière Allemande encore pire que *Derrick*, avant de ré-enchaîner avec *Je suis malade*. À ce régime, mon lecteur de cassettes rendit l'âme au bout de quelques semaines. Vivant en réclusion derrière mes rideaux tirés, j'ai commencé à perdre toute notion du temps. Parfois, je réalisais qu'il était trois heures du matin en reconnaissant le menuet du générique de *Voisin, voisine*, un feuilleton qui va moins vite que la vie.

Un matin, après avoir observé pendant des heures une fissure au plafond, je me suis dit que le temps était venu de remettre le nez dehors, et mes pieds m'ont conduit au parc Monceau, pour ce qui est devenu rapidement le moment fort de mes journées. Je n'y accédais jamais par la même porte, ces portes monumentales en fer forgé à chaque point cardinal. J'y flânais le long des belles avenues ombragées, bordées par des hôtels particuliers, à contre-courant des joggeurs. Je prenais généralement la direction des colonnades en empruntant un pont miniature ; chemin faisant, je fumais une énième cigarette à proximité de la cascade ou de la petite pyramide. Vers la fin de mon premier paquet, je me posais parfois sur un banc entre les bacs à sable et les balançoires pour titis. Bercé par le bavardage des mères et les cris des enfants au loin, j'y laissais divaguer mon esprit dans une sorte de rêverie éveillée ; me revenaient alors des flashs de ma prime jeunesse : les tirettes à un franc, les sous-pulls, la pub pour les bas Dim… Un jour, j'ai aperçu une mère dont le visage, et plus particulièrement les grands yeux bleus en amande, m'ont vivement ému. J'ai à peine osé la regarder à la dérobée. Sitôt que j'ai croisé son regard, j'ai senti dans ma poitrine comme un flot tumultueux, monter, monter… Je n'ai pas trouvé de métaphore pour rendre l'expression de ses yeux, elle m'a fait penser à Marzi évidemment, et je suis parti en courant.

La nuit suivante, quelle ne fut pas ma surprise de tomber sur un épisode de *Super Jaimie*. La Cinq rediffusait les deux premières saisons, suivies de la troisième, encore inédite en France. Je rebranchais aussitôt mon vieux magnétoscope. Combien de fois ai-je

appuyé sur la touche « play » depuis ? Revoir ce générique me faisait tellement de bien que j'en oubliais
Marzi pendant une minute onze secondes. Comme si
une partie de mon cerveau se mettait sur off. J'adorais
le moment où la musique se mêlait au son des datas
informatiques en plein milieu de l'écran.

« L'INFORMATION SUIVANTE EST CLASSÉE TOP SECRET :
REMPLACEMENT BIONIQUE.
JAIMIE SOMMERS.
SEXE : FÉMININ.
ÂGE : 27.
ANCIENNE PROFESSION : JOUEUSE DE TENNIS.
PROFESSION ACTUELLE : INSTITUTRICE.
RÉSIDENCE ACTUELLE : OJAI – CALIFORNIE.
BLESSURES GRAVES. ACCIDENT DE PARACHUTE.
JAMBES, BRAS DROIT, OREILLE DROITE TOUCHÉS.
PROCÉDURE : REMPLACEMENT BIONIQUE.
AUTORISATION : OSCAR GOLDMAN.
COÛT ESTIMÉ : TOP SECRET. »

Dès les premières notes, je me sentais plus fort…
et plus fragile, je ne peux pas expliquer. D'abord, une
photo de toi en couleur, Jaimie, zoom avant sur ton
visage. Passage en noir et blanc sur un avion en con-
treplongée. À travers le viseur d'une caméra, on te
voit sauter en parachute. Un craquement de toile, tu
lèves la tête, le sol se rapproche à toute vitesse, inexorablement, tu vas t'écraser. Fondu enchaîné, masque à
oxygène, respirateur, table d'opération, Oscar Goldman est un peu en retrait, fou d'inquiétude. Les vio-
lons montent en puissance, c'est le début de l'aventure
bionique. On te glisse une pile atomique dans l'oreille

droite ; oui, tu captes les hautes fréquences. Bras droit : d'une main, te voilà pulvérisant une balle de tennis ; cette expression où toi-même n'en reviens pas. Zoom avant sur tes jambes, tu cours à plus de quatre-vingt kilomètres par heure sur un tapis roulant, puis en montagne, au ralenti. Retour sur ta photo d'ouverture : tu es Super Jaimie. Mini diaporama. « *Also starring Richard Anderson.* » Le sourire protecteur. Puis te revoilà assise sur une plage, au milieu des oiseaux, et dans ta classe, les bras croisés, derrière ton bureau. Plan final : tu souris, éclatante, magnifique. En incrustation, un saut bionique.

Un dimanche matin où le parc Monceau venait juste d'ouvrir, j'ai éprouvé le besoin de pousser un peu plus loin et j'ai pris la sortie au niveau de l'allée de la Comtesse-de-Ségur. Laissant faire le hasard me conduisant tantôt à droite, tantôt à gauche, j'ai atteint la place de Rio-de-Janeiro, puis la rue de Rome qui m'a mené tout droit à la gare Saint-Lazare, quasi déserte, à cette heure-là. En songeant que je passais un bon moment, je me suis arrêté sur une vieille photo, en vitrine d'une droguerie, *Le Discobole*, avec toute une collection de 33-tours. En plus de flotter dans l'espace, je me suis mis à flotter dans le temps. Le CD venait de détrôner le vinyle. J'ai ensuite aperçu un chauffeur se diriger vers un autobus, probablement pour entamer son service. Sa destination m'était inconnue, je suis monté sans me poser de question. Bercé par sa conduite légère, pieds joints sur le petit monticule au-dessus des roues, j'ai pu à cet instant précis songer pour la première fois à Marzi sans colère. *Ton visage de Khazare et tes yeux bleus Tangri.* Parfois, tu avais l'impression d'avoir été caressée toute la nuit parce que tu… avais été caressée toute la nuit, mon Aphrodite. J'ai gravi l'Olympe, sache-le, j'ai été l'homme le plus heureux du monde. Et si le bonheur passe d'âme en âme, pour quelques secondes, j'aurai tenu sa flamme. Ô Marzi, ce sont des mots d'amour. Un jour, tu m'as chuchoté à l'oreille : « Je ferme les yeux pour que ce soit plus fort. » À l'approche du Jardin des plantes, je nous ai revus main dans la main, comme si c'était hier, et suis sorti sans même m'en rendre compte pour atteindre notre banc, à côté du vieux chêne. Brusquement, je me suis mis à chialer sans pouvoir m'arrêter. Mes tempes battaient. La lumière me faisait mal. C'est là, sur ce banc, que j'ai commencé à mesurer la violence de mes gestes. Pourquoi m'étais-je enfui comme un voleur, alors que tout avait si bien commencé entre nous ? Pourquoi avais-je brouillé toutes les pistes en ne lui laissant pratiquement aucune chance de me retrouver ? Comme si tout cela avait été plus fort que moi. Anéanti, j'ai repris le bus 24 dans la mauvaise direction. J'ai vu défiler des stations et des lieux inconnus – École vétérinaire de Maisons-Alfort, Charenton-Écoles –, des endroits où j'aurais pu être heureux avec elle – gare de Bercy. Après avoir refait le chemin à l'envers, je suis descendu à la gare de Lyon. Il faisait tellement beau, ce jour-là, je n'avais pas envie de rentrer. Comme un perdu salle des pas perdus, j'ai regardé des gens courir vers leur train, à côté des palmiers, sous le panneau « Départs ». Trois cigarettes plus tard, j'ai atteint les rives du canal Saint-Martin. Des gens pique-niquaient au soleil. J'aurais voulu découvrir cet Hôtel du Nord avec elle – « Atmosphère, atmosphère… » –, le contempler de ce petit pont juste à côté. J'étais épuisé de fatigue.

Étonnamment, c'est en prenant le métro pour rentrer chez moi que j'ai de nouveau ressenti l'appel du large, je me suis même mis à courir. Parvenu essoufflé dans le hall, j'ai pris l'escalier ; des pensées ont alors ressurgi. Premier étage – tout petit déjà, je n'arrivais pas à me représenter que l'infini était infini. *Comment l'espace peut-il ne pas avoir de fin ? C'est impossible, pas de fin.* Deuxième étage – je me suis revu dans mon bain à 10 ans, immortel, bien entendu. *Quoi, comment une vie entière pourrait-elle s'arrêter en une seule seconde ? C'est très long, une vie, ça ne peut pas finir comme ça.* Sur mon palier, j'ai repensé à l'infiniment petit. *Où s'arrête-t-il ? Dans l'infiniment grand ?* J'ai ensuite ouvert ma porte avant d'appuyer mécaniquement sur la touche « play » de mon magnétoscope. Quasi usée, la bande a péniblement avancé jusqu'à :

« BLESSURES GRAVES. ACCIDENT DE PARACHUTE.
JAMBES, BRAS DROIT, OREILLE DROITE TOUCHÉS.
PROCÉDURE : REMPLACEMENT BIONIQUE.
AUTORISATION : OSCAR GOLDMAN.
COÛT ESTIMÉ : TOP SECRET. »

Placide, je suis allé me préparer un café dans mon mug *Super Jaimie* avant de me mettre debout devant l'écran. Il s'est alors produit un événement étrange. À la première gorgée de café, l'image était toujours figée... Âcre, légèrement râpeux sur ma langue. En inspirant, le petit clapotement sur mes lèvres. Fermer les yeux pour l'apprécier davantage. Deuxième gorgée, les yeux toujours fermés. Plonger mon nez. *Dis donc, pourquoi suis-je irrésistiblement tenté d'observer le fond ? J'ai l'impression de porter une muselière. C'est brûlant. La chaleur attaque mes glandes lacrymales.* La main plaquée sur ma muselière, les yeux écarquillés, j'avais du mal à respirer. Expirer, inspirer, replonger les yeux fermés. Ouverts. Le fond réapparut, luisant et noir. Enfermée, une créature sommeillait, je pouvais l'entendre respirer. Elle me regardait avec ses yeux pochés, deux cernes asymétriques fendus de part en part. *Allez, plaque ta muselière dessus. Qu'elle encercle sa cible et s'enfonce dans tes molaires.* « Aïe ! Calmez-vous, Oscar. » « Comment ? » *Mais pourquoi est-ce que je me vouvoie en m'appelant Oscar ?*

J'ai alors lentement relevé la tête en direction de l'écran et j'ai lu.

« BLESSURES GRAVES : CHAGRIN D'AMOUR.
PROCÉDURE : PSYCHANALYSE.
AUTORISATION : OSCAR GOLDMAN.
COÛT ESTIMÉ : LIVRET D'ÉPARGNE POPULAIRE. »

8

Une salle d'attente. Une table basse. Des magazines pêle-mêle. Voilà, j'y étais. Irina Sowa allait-elle me sauver ? À la seule vision de sa plaque de psy en bas de l'immeuble, mon cœur avait débordé. Dire que mon premier baiser avec Marzi avait eu lieu ici. C'était il y avait cent ans.

Lorsque Irina est apparue, j'ai été saisi, « transféré » d'entrée de jeu par sa beauté slave, ses pommettes hautes et ses yeux clairs perçants. Elle paraissait si grande dans son smoking bleu à rayures fines. Je me suis dit *comment vais-je pouvoir me concentrer si elle me fixe avec ses grands yeux bleus pénétrants ?* Je l'ai suivie dans le long couloir menant à son cabinet, une petite pièce avec un bureau, une chaise pour les face-à-face et le fameux divan, bien entendu. Après m'avoir invité à m'asseoir, elle a griffonné mon nom sur une fiche puis a porté la branche de ses lunettes rectangulaires à ses lèvres. N'osant la regarder, je me suis mis à observer sa bibliothèque remplie d'ouvrages, de théières et de dessins d'enfants. Il y avait également des piles de livres à même le sol. Certains dessins me plaisaient assez, je me suis dit que cela devait être la même chose dans ma tête. Puis elle m'a tiré de mes réflexions en me proposant un thé. Membre d'un club d'amateurs, elle partageait avec ses patients des saveurs lointaines. J'ai hoché la tête en signe d'acceptation ; je n'avais toujours pas ouvert la bouche. J'ignorais s'il me fallait entamer la conversation ou attendre qu'elle me pose une question. J'ai croisé, décroisé mes jambes, mes bras. Plus le temps passait, plus j'étais mal à l'aise, et sa beauté n'arrangeait pas les choses. J'ai ensuite porté la tasse de Milky Wu Long à mes lèvres pour me donner une contenance ; je me suis brûlé à la première gorgée.

— C'est un peu intimidant, une première fois, a-t-elle fini par déclarer au bout de quelques instants qui m'ont semblé une éternité.

J'étais toujours dans l'impossibilité de parler.

— Bien, a-t-elle repris lentement, en quoi puis-je vous aider ?

Sa voix était très douce.

— Ce… C'est compliqué.

— Je vois, a-t-elle répondu en souriant.

Son sourire m'a donné du courage.

— Parlez-moi de votre travail. Vous faites quoi, dans la vie ?

Je me suis tordu les mains dans tous les sens pour baragouiner du mieux que je le pouvais.

— Je… J'ai… Parti sur un coup de tête, il y a quelques semaines. « Cher ami, sachez que je ne suis pas votre père », voilà ce qu'il a… le directeur. Alors, j'ai… à cet instant précis, une planchette et double Nelson, comme dans *Faibles femmes*. Je me sentais…
« Tu peux me répéter ce que tu viens de dire ? »

Comme si j'avais pris de l'adrénalisine.

Sentant la panique me gagner, elle a reformulé les choses posément pour moi.

— Vous avez démissionné, si je comprends bien ?

J'ai acquiescé en osant à peine la regarder.

— Sans rentrer dans les détails, voyez-vous autre chose à me signaler ?

Prenant mon courage à deux mains, j'ai tenté une phrase complète en apnée.

— Je, j'ai quitté… Sœur Emmanuelle.

Puis soudainement, j'ai lâché prise. Réalisant que ce début de séance n'aurait pu être pire, j'ai songé qu'il s'agissait de la première personne à laquelle je m'adressais depuis des semaines et j'ai enchaîné avec une phrase à ma portée : sujet, verbe, complément.

— J'étais bénévole.

Elle a recopié ce mot sur sa fiche.

— J'ai également quitté une fille formidable avec laquelle j'avais un magnifique début d'histoire, vous pouvez comprendre ça, vous ?

J'ai senti qu'elle le pouvait, je ne peux pas expliquer, mais elle n'a pas insisté.

— Y a-t-il encore autre chose ? m'a-t-elle demandé.

— Ça ne vous suffit pas comme ça ?

J'ai dû esquisser un sourire pour la première fois depuis des semaines.

— Cherchez bien.

Son regard pétillant d'intelligence m'incitait à me dépasser, alors j'ai exploré profondément en moi. Ce n'est qu'à la fin de la séance, pratiquement en me levant pour payer, que je me suis autorisé à me dévoiler un peu.

— Le coup du mug, ai-je fini par avouer.

— …

— C'est la goutte d'eau qui a fait déborder le vase, comme on dit. Peut-être même ce qui m'a incité à venir vous voir, finalement.

— Racontez-moi ça avant de partir.

Je me suis rassis.

— Eh bien, voilà, j'ai retrouvé un mug de *Super Jaimie* au fond d'un placard, il y a quelques semaines. Connaissez-vous cette série ?

— Hum, vaguement. Ne serait-ce pas cette femme douée d'une force extraordinaire ?

— Voilà ! La femme bionique. D'un côté, cela m'a fait plaisir, certaines images me sont revenues, mais en même temps…

— En même temps ?

— Il s'est produit une chose curieuse. Avez-vous déjà écouté la mer dans un coquillage ?

— Comme tout le monde, oui.

— Alors, dans ce mug j'ai plaqué non pas mon oreille mais mon nez, et…

— Allez-y.

— Vous allez me prendre pour un fou. Au bout d'un moment, j'ai ouvert les yeux en m'obligeant à ne pas les fermer malgré la chaleur du café, et…

— …

— Je me suis vu en monstre dans le fond du mug.

— Gabriel – je peux vous appeler Gabriel ?

— Je vous en prie.

— Quiconque se regardant dans une glace sans ciller pendant trente secondes se voit apparaître en monstre. Qui n'a jamais fait cela une fois dans sa vie ?

Le courant passait de mieux en mieux. J'ai écouté attentivement son ultime question.

— Pourriez-vous me décrire précisément ce que vous avez ressenti pendant cet « épisode » ?

— Je peux toujours essayer. Au départ, c'était plaisant. Revoir ce mug de *Super Jaimie* m'a procuré une sorte de picotement très agréable dans la tête, accompagné… d'une légère vibration dans le cœur. Comment dire, comme une bouffée de nostalgie, comme si mon passé avait refait surface pendant quelques secondes. Je ne sais pas si je suis clair. Seulement voilà, dès la première gorgée, il y a eu cette tempête dans mon crâne, et je me suis mis à me vouvoyer en m'appelant Oscar et en me demandant si je n'étais pas moi-même cette créature.

— Oscar, vous dites ?

— Oui, comme Oscar Goldman. Bon, allez, vous êtes psy, après tout, Oscar est le père de substitution de Jaimie, lui ai-je révélé devant sa porte.

— Il va falloir que je révise mes classiques ! a-t-elle répondu en me serrant la main.

J'ai tenté en vain d'évoquer Marzi à la séance suivante, c'était encore beaucoup trop frais, beaucoup trop dur. Entre-temps, Irina s'était documenté sur *Super Jaimie* ; très rapidement, nous sommes entrés dans le vif du sujet pour parvenir à l'un de ces moments clés.

— Reprenons un peu tout cela, si vous le voulez bien. N'hésitez surtout pas à vous manifester si vous n'êtes pas d'accord.

J'ai acquiescé en me mordant discrètement la lèvre. Elle a posé ses lunettes sur son bureau et m'a regardé bien droit dans les yeux avant d'entamer une série de questions.

— Cette série, *Super Jaimie*, est pour vous le gage

d'un moment plaisant ?

— Oui.

— Elle vous ramène à votre prime jeunesse, vous procure du réconfort ? Il y a un côté nostalgique très agréable ?

— Exact.

— En même temps, via l'épisode du mug, elle vous a révélé une partie de vous-même que vous ignoriez, à tel point que vous vous êtes vouvoyé en vous appelant Oscar ?

— Encore exact.

— Que ce soit un monstre, Oscar, un père de substitution ou quoi que ce soit, ce qui importe pour l'instant, c'est qu'une partie de vous sait qu'elle a commencé à trouver quelque chose ?

— On peut dire ça, oui.

— C'est très intéressant, quand on y pense. Comment savez-vous que vous avez commencé à trouver quelque chose ?

— Je ne sais pas, mais… d'une certaine façon, je sais que je sais.

— Je reformule. Consciemment, vous ne savez pas comment une partie de vous fait pour savoir qu'elle sait.

— Vous parlez un peu comme moi.

— Restez concentré. Je répète : consciemment, vous ne savez pas comment une autre partie de vous fait pour savoir qu'elle sait.

— Oui, je le pressens.

— Vous le pressentez, c'est parfait. Donc, votre partie consciente « pressent », tandis que l'autre, votre partie inconsciente, votre partie « Jaimie », elle, sait comment elle fait pour savoir.

— Oui.

— Si vous me suivez toujours, votre partie consciente ne sait pas comment votre partie inconsciente fait pour savoir qu'elle sait.

— Je vous suis.

— C'est fou, quand on y pense.

Elle a porté la branche de ses lunettes à ses lèvres en me souriant. Captivé, je lui ai rendu la pareille en tentant de faire le point.

— Donc, finalement, le but du jeu pour moi serait d'essayer de comprendre… Pouvez-vous m'aider, s'il vous plaît ? ai-je demandé.

— Essayer de comprendre, essayer de contacter votre partie *Jaimie* qui, elle, sait, puisque votre partie consciente ne le sait pas.

— C'est très intéressant.

— Je vais pousser le bouchon un peu plus loin. Compte tenu de votre attachement à cette série, et partant du principe que votre partie Jaimie possède en elle beaucoup de clés, j'envisage d'intégrer une hypnose au sein de votre psychothérapie.

— Vous êtes en train de me dire, en quelque sorte, que *Super Jaimie* pourrait me venir en aide, c'est bien ça ?

— Exactement. Mais il faut que vous soyez à cent pour cent avec moi.

— Je vous avoue que j'aime assez cette idée. Et comment procéderiez-vous ? Je veux dire, dans les grandes lignes ?

— Eh bien, c'est assez simple. Vous venez de comprendre qu'il fallait permettre au conscient et à l'inconscient de coopérer ; en modifiant légèrement votre état de conscience, nous pouvons accéder à votre inconscient. La relaxation est souvent à l'origine de cet état, mais dans votre cas, je pense que le mieux serait d'entamer un dialogue où nous échangerions sur *Super Jaimie*.

— Oui…

— Je pourrais alors agir comme un guide en orientant votre attention sur telle ou telle séquence pour vous aider à trouver en vous les ressources dont vous disposez ; celles qui pourraient vous aider à résoudre vos problèmes si vous préférez, le tout en interprétant le langage symbolique de votre imaginaire.

— C'est drôle, ce que vous dites me fait un peu penser à un épisode intitulé *Méditation*.

— Ce titre sonne comme une accroche. Pourriez-vous m'en dire davantage ?

— Dans cette aventure, il est question d'autohypnose ; nous sommes tous potentiellement capables d'utiliser la technique de Darwin Jones, j'en suis certain.

— À savoir ?

— Bon, je vous plante le décor. Un beau matin, Jaimie a rendez-vous avec le génial Rudy Wells, une sorte de chirurgien savant, un Géo Trouvetou. Elle entre dans son bureau mais ne l'aperçoit pas. Intriguée, elle pousse la porte de son laboratoire et tombe nez à nez avec un homme immobile, allongé sur une table, avec des électrodes de la tête aux pieds. « Bonjour », dit-elle. Aucune réponse. Les yeux de l'homme sont fermés, son visage est inexpressif, à tel point que Jaimie se demande s'il est toujours en vie. Elle s'approche de lui d'un pas hésitant, son regard cherche le monitoring, parmi une foule d'instruments. Se produit alors ce qu'elle redoute : les sinusoïdes s'aplatissent jusqu'à devenir une ligne continue. Jaimie garde néanmoins son sang-froid et plaque son oreille bionique sur son torse. « Mon Dieu », murmure-t-elle en allant chercher du secours. On la retrouve quelques secondes plus tard accourant avec Oscar et Rudy en direction du moribond. Rudy porte instantanément deux doigts à son cou tout en observant ses pupilles dilatées. Il ne comprend pas. Un bref coup d'œil sur le monitoring lui confirme le pire. « C'est épouvantable », murmure-t-il à son tour avant d'inciter Jaimie à utiliser son oreille bionique. Dernière tentative, toutefois… elle perçoit un lointain battement, bientôt relayé par l'oscillographe. « Il n'est pas mort », confirme Rudy, soulagé. « Son cœur bat toujours ? » demande Jaimie. Hochement de tête. Générique.

— J'ai l'impression que vous connaissez toutes les répliques par cœur, c'est assez impressionnant. Poursuivez.

— « Il était mort, Rudy, ou non ? » demande à nouveau Jaimie, toujours sous le coup de l'émotion. « Selon toutes les apparences oui, mais c'est un homme hors du commun, poursuit Rudy. Darwin a réussi son doctorat à un âge qui a épaté tout Harvard. L'OSI lui versait une bourse, et durant ces trois dernières années, il s'est initié à la méditation avec les moines tibétains. Vous verrez le résultat que cela donne ». Darwin reprend alors connaissance en ouvrant les yeux sur Jaimie. Rudy enchaîne avec les présentations.

— Nous en arrivons à la séquence de l'autohypnose ? m'a alors demandé Irina en se munissant de son stylo plume.

— Tout à fait. Au pied de la table métallique se dresse un tapis de braises fumantes. Si Darwin arrive à marcher dessus, c'est la frime ultime. Intégrale. Il s'assoit, le dos bien droit, paumes de mains tournées vers le ciel. Le professeur, accroupi, lui installe une série de capteurs sur les jambes. Et je me revois revoir cette scène, parcouru par un flot d'adrénaline. Darwin ferme les yeux et débute sa programmation mentale. Cithare en fond sonore. *« Le lac sans vagues, le calme, le calme, détends-toi. Détends les artères fémorales. Tes artères fémorales se détendent et se gorgent de sang. Maintenant, le cœur. Augmente ton rythme cardiaque, augmente. Accélère la circulation pour surchauffer les pieds. »* L'écho de sa voix résonne profondément en moi. Des images de l'intérieur du corps humain défilent devant mes yeux émerveillés. *« Active la circulation de la plante des pieds. Tu dois anesthésier les pieds. Anesthésie. Je n'ai plus de pieds. Ils baignent dans un fluide brûlant. Tout le métabolisme va continuer à fonctionner de cette façon. Prêt. Maintenant. »* Darwin ouvre grand les yeux et, sous le regard médusé de Jaimie, entame lentement sa marche. À chacun de ses pas feutrés, on entend les braises crépiter. Psiiit… Une fois le tapis franchi, il referme les yeux. *« Reprends ton rythme cardiaque normal, maintenant. Tout doucement. Détends-toi. Détends-toi. Le calme. »* L'expérience s'achève. Darwin secoue légèrement la tête en reprenant ses esprits. « C'est réussi ? » demande-t-il à Rudy. « C'est formidable, n'importe qui se serait brûlé au troisième degré », lui confirme ce dernier. « C'est incroyable, vous n'avez rien senti ! » s'exclame Jaimie à son tour.

— Belle séquence, a conclu Irina avant de passer aux choses sérieuses. Seriez-vous prêt à vôtre tour à tenter une hypnose ?

— Vous allez me brûler au Milky Wu Long ?

— Je ne fais pas la douleur ! Blague à part, voulez-vous que nous tentions cette expérience d'hypnose ?

— Là, maintenant, comme ça ? ai-je demandé un peu inquiet.

— Là, maintenant, comme ça, a-t-elle répété.

J'ai réfléchi deux secondes – je n'ai pas réfléchi d'ailleurs – avant de hocher la tête. Irina m'a aussitôt proposé d'aller m'asseoir sur son canapé. Elle a fait le tour de son bureau, a pris ma chaise pour se position-ner à côté de moi – mon cœur battait très fort – et m'a demandé de me tenir bien droit, en posant les mains sur les genoux.

— Donc, qu'est-ce qui vous plaît le plus lorsque vous revoyez un épisode de *Super Jaimie* ?

— …

— Dans quel état vous sentez-vous ?

— Je peux m'isoler complètement du reste du monde, ai-je répondu après réflexion.

— Vous isoler, d'accord, vous concentrer totale-ment sur un épisode. Vous êtes pris par quelque chose à la fois sur l'écran, et finalement à l'intérieur de vous, puisque ce qui vous touche, ce sont ces images, ces musiques, ces sons, ces sensations, que vous éprouvez à l'intérieur de vous et qui sont générées par ce que vous voyez sur l'écran. Vous n'êtes plus perturbé par l'environnement.

J'ai fermé les yeux à cet instant précis, bercé par la douceur de sa voix. Sa profondeur…

— J'aimerais à présent que vous plongiez à l'intérieur de vous-même, loin. J'aimerais que vous vous remémoriez parfaitement cette séquence de *Mé-ditation*. Un homme va débuter sa programmation mentale. Vous entendez les cithares en fond sonore, et vous vous revoyez revoir cette scène, vous la décomposez, image par image. Plus vous avancez dans cette séquence, plus vous rentrez profondément en vous, à l'intérieur de vous. Et en même temps, vous commencez à vous retrouver dans cette expérience, dans ces sensations, ces émotions, dans l'écho de cette voix qui résonne toujours, profondément en vous. « Le calme. Le lac sans vagues. » Vous pouvez savoir que ces émotions, ces sensations, à l'intérieur, sont indépendantes de quelque épisode, de quelque séquence que ce soit. Et vous pouvez savoir aussi que ces épisodes sont pour vous une opportunité de vous détacher de l'extérieur et de plonger profondément en vous... à l'intérieur. C'est ça... pour y faire quoi que ce soit qu'il vous est utile de faire, à un instant précis. Pour faire quoi que ce soit que votre esprit inconscient a décidé de faire pour vous. Voilà. Et je vous invite à permettre à votre inconscient de continuer à se focaliser, d'une manière extrêmement flexible, vers l'intérieur, de permettre à votre attention de prendre contact avec votre esprit inconscient, de manière à ce que seul cet aspect de votre esprit inconscient soit là. Celui auquel je m'adresse, moi, directement, alors que votre esprit conscient reste loin, à l'extérieur, pour faire quoi que ce soit qui lui soit plaisant et utile.

J'ignore dans quel espace-temps j'ai été projeté. Je me suis entendu respirer un peu comme si j'avais été sous l'eau.

— Et dans un instant, Gabriel, je vais prendre votre poignet et je vais faire cela maintenant.

Irina a délicatement saisi mon poignet gauche entre son pouce et son index et l'a soulevé à hauteur d'épaule. Mon autre main est restée posée sur ma cuisse.

— Laissez-moi faire tout le travail. Voilà, c'est

bien. C'est très bien.

Mon bras tendu est resté en suspension, poignet cassé et main inclinée.

— Merci à vous. Et j'invite votre esprit inconscient qui dirige votre bras à le faire redescendre vers votre cuisse, dans un geste honnête et inconscient. Et je l'invite simultanément, alors qu'il fait redescendre ce bras, agréablement, vers votre cuisse, à vous faire vivre, à l'intérieur, une expérience très étonnante, et en même temps à développer cette transe, de manière à arriver (mon bras redescendait lentement), quand le bras touchera de nouveau votre cuisse, dans l'état de transe exacte, dans l'état de profondeur de transe exact qui soit le plus adapté au travail que nous allons faire ensemble. Et votre inconscient, Gabriel, peut choisir très précisément cela.

Mon bras a de nouveau atteint ma cuisse.

— Merci. Merci beaucoup. C'est ça. Profondément. À l'intérieur.

Bien que lointaine, la voix d'Irina me parvenait clairement.

— Et je demande avec respect, à votre esprit inconscient, de me montrer le doigt qu'il va utiliser. De me le montrer, au compte de trois, pour me signaler qu'il est prêt. Un, deux, trois.

Et mon index s'est levé à trois.

— Merci. Merci beaucoup.

Voilà, j'étais parti. À l'intérieur.

— Que voyez-vous ? Qu'entendez-vous ?

— Une musique.

— Une musique, oui. Quelle sorte de musique ?

— Une chanson. Celle de Jaimie dans *Mission à Nashville*.

— Est-ce elle-même qui chante ?

— Oui, elle se fait passer pour une chanteuse… pour ne pas faire tomber sa couverture.

— Oubliez son but. Où est-elle, en ce moment ?

— En studio d'enregistrement.

— Que fait-elle ?

— Elle est sur le point de chanter. Je sais qu'elle adore ça, je veux dire Lindsay Wagner, dans la vraie vie.

— Parfait. Comment est-elle habillée ?

— Combinaison bleu ciel moulante sertie de perles blanches, col deltaplane, chapeau texan.

— Bien. Rapportez-moi précisément les dialogues juste avant qu'elle chante.

— « Vous vous appelez ? lui demande Bukley, le propriétaire du studio.

« — Joddy Lee Sommers.

« — Ah. Eh bien, puisque l'orchestre est prêt, nous allons vous écouter tout de suite. Détendez-vous et foncez dans le tas.

« — Mais…

« — Allez, fillette ! Tout le monde est prêt ? Alors c'est parfait. Attention, en voiture, c'est parti ! Et un, deux, trois, quatre… et un… »

— deux, trois, quatre, et un…

— deux, trois, quatre… j'ai toujours rêvé d'être chanteur également. Je me revois avec ma guitare-raquette, la Donnay de Björn Borg, j'avais même échangé ma console Atari contre un micro pour faire des concerts dans ma chambre. Certains soirs, l'ambiance était extraordinaire.

— Décrivez-moi cela. Tous les petits détails.

— La bouche collée au micro posé sur une étagère de ma bibliothèque, tous mes gestes s'enchaînaient à la perfection, y compris mon fameux solo de raquette. La foule en délire m'acclamait. *« Message in a bottle, yeah ! »* Devant mon poster en couleur Why ? – un jeune homme fusillé à la guerre –, je m'exclamais tout haut après un quart d'heure de concert : « Bonsoir Parisse, Bonsoir Nouilleyork ! Quelle ambiance, ce soir ! Wahouuu ! »

— Bien. À présent, vous allez remonter davantage dans le temps.

— …

— Maintenant.

— Je revois les sous-pulls, les Car en sac, les ti-rettes à un franc. Le rond rouge et le rond vert sous la semelle des Kickers, les pochettes-surprises, le gloubi-boulga. Les collants Dim de toutes les couleurs de mes baby-sitters, « Papapapa-papa ». Je revois Super Jaimie, perdue, orpheline, à la recherche de repères… J'adorais sa maison à deux niveaux.

— Su-père Jaimie… Re-pères…

— Mon repère…

— Oui ?

— La maison de mon grand-oncle. Je l'adorais aus-si.

Le temps n'existe pas dans l'inconscient.

— Décrivez-moi cette maison.

— C'était une drôle de petite maison à plusieurs niveaux. La boîte aux lettres, sur la porte d'entrée, était un peu capricieuse ; je commençais chacune de mes visites en la remettant en place.

— Poursuivez, c'est très bien. N'oubliez pas les dé-tails.

— Un vrai paradis pour enfants – mon grand-oncle n'en n'a jamais eu. Je me disais ça à chaque fois que j'empruntais le petit couloir donnant sur le jardinet. P'tit bout de jardin, p'tit bout de couloir, p'tit bout de cuisine… avec un tabouret vert en Formica sur lequel je m'asseyais pendant des heures pour l'aider à éplucher des pommes de terre et couper des têtes de sardines. J'aimais bien ça, couper des têtes de sardines. Je me souviens, je donnais à manger aux lapins de la luzerne qu'on allait ramasser dans un jardin familial, un petit lopin de terre loué par la ville. Tout comme ma mère dans sa Pologne natale, nous partions à l'autre bout de la ville arroser des légumes, à la fraîche. C'est fou, la douceur de sa voix. Je l'entends presque me murmurer comment elle récupérait l'eau de pluie dans de grands tonneaux coupés, avec un arrosoir, parce qu'à cette époque les jardins n'étaient pas irrigués. Avec son grand-père, elle récoltait des fraises, des cornichons – Mmm, les cornichons aigres-doux de Pologne –, des haricots verts. Même si la cueillette était sans fin, l'ambiance devait être formidable, je l'imagine bien courir avec des gamins partout, et puis… ça me revient, je crois que mon arrière-grand-père était métayer.

— Revenons à vous. Vous habitiez chez votre grand-oncle ?

— Pas vraiment, mais… d'une certaine façon, oui, puisque j'y dormais souvent.

— Comment cela ?

— C'était compliqué, à l'époque, avec mes parents.

— Oui…

— Chez mon grand-oncle, je me sentais comme apaisé.

— Pourquoi était-ce compliqué avec vos parents ?

— Ma mère prenait beaucoup d'antidépresseurs,

76

mon père s'en est éloigné peu à peu. Et puis un jour, on ne l'a carrément plus revu.

— Que s'est-il passé ?

— Je vous l'ai dit.

— Que s'est-il passé, Gabriel ?

— Le hasard a mis en présence ma mère avec l'une de ses anciennes amies ; mon père est parti avec elle, quelques semaines plus tard.

— Comment a réagi votre mère ?

— Elle n'avait pas besoin de ça pour se mettre aux antidépresseurs.

— Reprenons la visite chez votre grand-oncle, voulez-vous.

— En haut des quelques marches, il y avait le « couloir-salle de bains ». J'aimais bien le voir s'y raser, à l'aube. Et puis quand il se frictionnait les cheveux avec du Pétrole Hahn. Ça sentait bon le citron vert. Mmm… J'adorais cette odeur. Il secouait le flacon très fort. Psiiit ! Je revois les petites bulles vertes s'agiter dans tous les sens. La petite mousse blanche. C'est là que j'ai senti pour la première fois de ma vie ces fameux picotements dans la tête, je pense, quand je le regardais se masser le cuir chevelu. Dans un coin, il y avait une petite bassine en fer dans laquelle il mettait une carpe, quelques jours avant Noël.

— Y avait-il d'autres pièces dans cette maison ?

— Au fond du couloir, il y avait une chambre avec une deuxième en enfilade, dans laquelle étaient entassées quelques affaires appartenant à mon père.

— Que faisaient-elles là ?

— Suite aux événements, ma mère a fait le ménage par le vide. Mon grand-oncle a donné cette pièce à mon père pour qu'il y entrepose ses affaires.

— Cela vous a-t-il gêné ?

— Oui. J'ai été du côté de ma mère, dans cette affaire.

— Vous avez été ?

— Elle est décédée, depuis, mais je n'ai pas changé d'avis. J'ai coupé tous les ponts avec mon père.

— Avez-vous de ses nouvelles ?

— Pas plus qu'il n'en a des miennes.

— Je vois. Vous arrive-t-il de parler des « événements » avec votre grand-oncle ?

— Lui aussi est décédé. Je l'aimais comme un père, vous savez.

— Un père…

— … de substitution. Mon Oscar Goldman à moi.

— Parlez-moi un peu de votre grand-oncle.

— Il était très doux, anti-conflit, à tel point qu'il n'a jamais fait aucun reproche à mon père après qu'il nous a quittés. J'ai du mal à comprendre, il l'écoutait simplement, sans le juger. Cela me rendait très nerveux quand je lui demandais pourquoi. C'est moi qui remettais ça à chaque fois sur le tapis, d'ailleurs, et je m'énervais toujours de la même manière.

— À savoir ?

— Je haussais le ton et je partais en claquant la porte d'entrée, ce qui faisait glisser la boîte aux lettres de quelques centimètres.

— Bien, nous allons nous arrêter là pour aujourd'hui.

J'ai une fois de plus suivi les instructions d'Irina à la lettre.

— Et maintenant, Gabriel, en ramenant avec vous toutes ces images, grâce à votre fabuleuse mémoire, je vous invite à réorienter votre attention vers l'extérieur,

à votre propre rythme, en prenant tout le temps néces-
saire, puis, un peu comme avec votre magnétoscope, à
appuyer sur la touche stop de cet épisode.

Tel Darwin ré-émergeant, j'ai dodeliné de la tête en
ouvrant lentement les yeux.

— Voilà, je vous invite à vous réorienter vers le
monde extérieur.

Épuisé, j'ai recouvré mes esprits, avec l'étrange impression d'avoir joué dans un épisode de *Super Jaimie* ;
le débriefing serait pour plus tard.

Étonnamment, nous n'avons pas eu le temps de
débriefer la fois suivante, je me suis mis à parler de
Marzi dès le début de la séance, en partant dans tous
les sens. J'avais tellement de choses à dire à propos de
notre relation, mais comment ? Comment expliquer à
Irina ce que moi-même je ressentais confusément tout
en étant incapable de me l'avouer : cette rencontre qui
avait bouleversé ma vie au point de faire ressurgir des
blessures enfouies n'était pas – tout du moins au départ – seulement une aventure amoureuse. Évidemment, depuis des semaines durant lesquelles nous
n'étions plus ensemble, pas une minute ne s'était
écoulée sans que je ne pense à Marzi. Même quand je
n'y pensais pas. Cela aussi était assez difficile à expliquer. J'y pensais et je n'y pensais pas à la fois. Pour
paraphraser Irina au sujet de l'hypnose, la partie de
moi qui n'y pensait pas savait que l'autre y pensait. Ce
que je ne m'expliquais pas, c'était ces impressions de
déjà-vu, déjà-vécu. Comme si j'avais connu Marzi
avant de la connaître et que ces quelques semaines
passées ensemble avaient été des années. J'étais incapable d'imaginer qu'il ne pouvait pas en être de même
pour Marzi. Mais pour elle comme pour n'importe

qui, le temps s'était écoulé dans une seule direction. En d'autres termes, j'avais voulu aller plus vite que la musique ; peut-être serait-elle tombée amoureuse de moi si je lui en avais laissé le temps ? Le reste de la séance n'a rien donné, je me suis braqué, et nous sommes resté dans le factuel, mais vu le travail déjà accompli, je ne m'estimais pas lésé. Je suis donc revenu une semaine plus tard pour notre quatrième entrevue avec un pâle souvenir de mon hypnose ; j'avais envie et peur à la fois de faire le point sur les révélations de « ma partie Jaimie », qu'Irina, pour une raison inconnue, n'avait pas voulu aborder lors de notre précédent entretien. La beauté d'Irina m'a une fois de plus saisi. Lorsqu'elle est apparue en salle d'attente, je me suis sérieusement demandé si elle n'avait pas été mannequin dans une vie antérieure. Elle m'a précédé dans le couloir puis m'a fait signe de m'installer face à elle pour ce qui était déjà devenu un rituel ; je ne me suis pas brûlé à la première gorgée.

— Subtil, n'est-ce pas ?

— À quoi ai-je droit, aujourd'hui ?

— Du Bai Mu Dan. Vous aimez ?

J'ai hoché la tête. Soudain, j'ai eu envie de chialer. Du plus profond de moi, sans que je sache pourquoi. Je n'ai pu faire autrement. Je me suis caché le visage dans les mains pour qu'elle ne me voie pas. Juste avant, j'ai aperçu la boîte de mouchoirs sur son bureau. Il y avait toujours une boîte de mouchoirs sur son bureau.

La crise de larmes passée, Irina m'a invité à inspirer et expirer profondément. J'ai grimacé un peu avant de lui adresser un timide sourire. Elle a laissé passer encore un peu de temps avant de me demander de lui raconter mes dernières journées. Je lui ai resservi ma « série des mêmes jours » – *Voisin, voisine* –, la fissure au plafond, *Derrick*, re-fissure, la météo – « il ne fait pas beau » – en boucle sur France info, le parc Monceau. J'étais à mille lieux de me douter de la « révélation » qui m'attendait.

— Racontez-moi en détail votre dernière promenade au parc, voulez-vous.

— Il n'y a pas grand-chose à dire. Ne pourrait-t-on pas plutôt débriefer à propos de notre séance d'hypnose ?

— Nous allons y revenir. Commençons par le parc.

— D'accord. Bon… J'ai marché, tourné en rond… et à la xième cigarette, j'ai échoué en toussotant sur un banc au milieu d'une petite allée déserte. Oui, voilà, j'ai observé les fourmis en songeant à ma vie. D'abord la professionnelle. Pourquoi ai-je démissionné ? Me suis-je senti une fois à ma place ? Les fourmis, elles, sont à leur place. La réponse est non. Ou alors pas vraiment. Je n'étais même pas bien payé. Peut-être aurait-il fallu que je m'investisse davantage pour lui donner du sens.

— …

— Vous savez, je me dis… enfin, peut-être aurais-je mieux fait de me taire pour les jetons de café. Mais pourquoi personne n'a rien dit à ce sujet, pourquoi personne ne m'a soutenu ? Le comble, c'est que tout le monde était scandalisé.

— Vous dites que vous ne vous êtes pas tu au sujet des jetons de café. Pourriez-vous me donner à présent davantage de précisions sur la façon dont vous avez démissionné ?

— Eh bien, je suis parti sur un coup de tête, au

sens propre et au sens figuré, après que le directeur m'a dit textuellement : « Cher ami, sachez que je ne suis pas votre père. »

— Oui ?

— Et voilà.

Elle a pris quelques notes avant de revenir à la charge.

— « Un coup de tête », vous dites. Vous rendez-vous compte de la violence et de la portée de votre geste ?

Je comprenais mal qu'elle me secoue, deux minutes après m'avoir vu dans un tel état. Un peu agacé, j'ai répondu sèchement :

— Oui, j'avais bien compris que je ne travaillerais plus.

— D'accord. Pourriez-vous me résumer, en une phrase, votre état d'esprit actuel ?

Je me suis bien concentré en essayant de faire abstraction de mon énervement pour lui répondre. *Tout ce qu'Irina te dit est dans ton intérêt*, me suis-je répété.

— Je… Je ne suis plus comme avant.

— Essayez de m'en dire davantage.

— Eh bien, il y a quelques jours, j'ai aperçu mon ex-directeur garer sa Mercedes, le long des grilles du parc. Vous savez ce que j'ai fait ?

— Non.

— Rien.

— …

— J'ai allumé une cigarette. Et puis à l'instant précis où je me suis senti profondément inutile et misérable, il s'est mis à pleuvoir.

Sans transition, Irina m'a alors demandé de lui résumer le pilote de *Super Jaimie* ; elle ne cessait de me surprendre. Insatiable sur le sujet, j'ai acquiescé en fronçant les sourcils. Je me suis douté qu'elle avait révisé ses fondamentaux, mais j'ignorais totalement où elle voulait en venir.

— O.K. Je vous rappelle au préalable que Jaimie est apparue pour la première fois dans un double épisode de *L'homme qui valait trois milliards* dans lequel elle devait épouser Steve. Malheureusement, elle décède à la fin. Par une astuce scénaristique, les producteurs la font revenir à la vie. Au début de « sa » série, elle subit l'opération de la dernière chance. Rudy la sauve, mais en lui ayant fait, hélas, perdre une partie de sa mémoire. Steve comprenant qu'elle souffre trop, lorsque ses souvenirs reviennent, préfère ne rien lui avouer de leur amour passé ; il prévient Oscar de sa décision.

— Vous rappelez-vous précisément de ce qu'il lui dit ?

— Dans les moindres détails.

— Je vous écoute.

— « C'est moi, Oscar.

« — Comment ça ?

« — Je lui fais du mal.

« — Alors… que fait-on, Steve ?

« — On va l'envoyer dans le Colorado, loin d'ici et d'Ojai.

« — Et loin de toi ?

« — Loin de moi ».

— Selon vous, pourquoi Steve n'a-t-il rien avoué à Jaimie ?

— Je dirais… pour qu'elle se souvienne elle-même qu'elle était amoureuse de lui avant son accident.

— Inconsciemment, ne pensez-vous pas avoir un peu agi comme Steve en vous étant éloigné de votre petite amie ?

— Je ne comprends pas.

— C'est normal. Essayons de démêler un peu tout cela. Attention, vous allez devoir produire un gros effort de concentration. Êtes-vous prêt ?

— Oui.

— Bien. Comme vous me l'avez expliqué, la fois précédente, votre mère a pris beaucoup d'antidépresseurs durant votre jeunesse. Soit-dit en passant, il ne s'agit pas du tout des mêmes que ceux que je pourrais éventuellement vous prescrire, il y a eu de gros progrès dans ce domaine, depuis.

— Tant mieux, parce que je n'en voudrais pas. Attendez, je vous ai révélé tout cela pendant mon hypnose ?

Elle a hoché la tête avant de poursuivre.

— Ces doses massives ont effectivement abîmé votre mère. Cette situation compliquée a fait que, progressivement, vous êtes allé vivre chez votre grand-oncle.

— Oui.

— Pour couronner le tout, votre père, ayant fait la connaissance d'une amie de votre mère, a commencé à s'éloigner volontairement d'elle.

— Oui.

— Pourriez-vous, à présent, être plus explicite sur la manière dont… comment s'appelait votre petite amie, déjà ? Vous ne m'avez pas dit son nom.

— Marzi.

— Sur la manière dont vous avez quitté Marzi.

— Je l'ai quittée sans la prévenir.

— Tiens donc. Pourquoi cela ?

— Eh bien, j'y ai réfléchi depuis, et… c'est compliqué. Disons que je lui ai proposé un jour de lui montrer comment fonctionnait l'association Sœur Emmanuelle. Le hasard a fait qu'une fois en bas de l'immeuble nous sommes tombés nez à nez avec mon binôme, Sacha. Rien qu'en faisant les présentations, j'ai senti qu'ils se plaisaient. Je pense qu'ils doivent, à l'heure qu'il est, travailler ensemble sur un projet d'orphelinat à Cracovie. Voilà, pour faire simple, j'ai préféré m'éclipser avant de trop souffrir.

— En d'autres termes, vous avez préféré vous éloigner volontairement d'eux.

— Où voulez-vous en venir ?

J'étais sur « les piquants de l'impatience ».

— L'éloignement volontaire, voilà ce qui fait écho chez vous.

— Ce que vous venez de me révéler doit être important, puisque je n'ai pas saisi. C'est-à-dire ?

— C'est-à-dire que votre père s'est éloigné volontairement de votre mère, que Steve s'est éloigné volontairement de Jaimie et que vous vous êtes éloigné volontairement de Marzi.

— Oh !

— Pour la quitter, en quelque sorte, avant d'être quitté.

Elle a porté l'estocade, battu le fer tant qu'il était chaud.

— Afin que ni vous ni elle ne souffriez trop.

— Si je vous suis bien, ma mère a présenté son amie à mon père de la même manière que j'ai présenté mon amie à Sacha.

— C'est le processus de « loyauté familiale », m'a-t-elle révélé.

Je ne saurais décrire ce qu'il s'est passé dans ma tête à cet instant précis. Une nouvelle crise de larmes m'a submergé. Irina a de nouveau laissé passer l'orage puis m'a invité à respirer profondément.

Reprenant peu à peu mes esprits, je lui ai demandé des précisions. Ma mélancolie, m'a-t-elle appris, était assortie d'une « loyauté familiale » avec « syndrome d'anniversaire ». En résumé – nous venions de faire le calcul –, j'avais, dix ans jours pour jours après que mon père eut quitté ma mère, quitté ma possible future femme, par loyauté envers mon histoire familiale. Agissant inconsciemment par servitude, je m'étais senti redevable de l'histoire de ma mère comme si j'avais hérité d'une dette à son égard.

Ainsi, ce que je pensais être une coïncidence n'était qu'une répétition. J'ai alors commencé à envisager une chose inimaginable pour moi depuis plusieurs semaines.

— Mais attendez, s'il s'agit bien de cela, je…

— Oui ?

— Mon Dieu, vous êtes en train de me dire qu'il ne tient qu'à moi de me donner le feu vert pour reconquérir Marzi, je n'ose même pas en rêver.

— Exactement. Vous devez briser ce cercle vicieux afin d'entrer dans un cercle vertueux, alors peut-être pourrez-vous la re-séduire. Je dis bien peut-être, beaucoup de facteurs entrent en jeu.

Du coup, m'est venue une idée étrange ; je me suis jeté à l'eau sans réfléchir.

— Écoutez, je vous livre ma pensée telle quelle. Je sais qu'ont été tournés, bien des années après la dernière saison, trois épisodes inédits de *Super Jaimie* dans lesquels, cette fois, Steve fait une apparition. Pourquoi n'ai-je jamais voulu les voir, sachant qu'ils existaient ?

Elle s'est contentée de me sourire.

— Une chose est sûre, en tout cas, il m'est très difficile, voire impossible, de les imaginer avec quinze ans de plus. J'ai conscience que ce que je dis est étrange, mais voilà, Jaimie ne prend jamais une ride lorsque je regarde ses aventures. Pensez-vous que j'ai un problème avec le temps ? Avec le timing ?

— Il est encore trop tôt pour vous répondre, a-t-elle conclu.

— Être dans le bon timing. Ni juste avant ni juste après. Steve, à 40 ans passés, lui aurait-il enfin déclaré sa flamme dans l'un de ces trois épisodes ?

Irina n'a plus ajouté un mot. Elle m'a regardé avec une fixité étrange. J'ai remarqué qu'elle avait pris quantité de notes sur la fin.

9

Je me demande si un enfant blessé peut devenir un adulte heureux. J'ai commencé à me poser la question à cette époque ; aurai-je un jour la réponse ?

Étonné du travail accompli avec Irina, j'ai repris provisoirement du poil de la bête, à l'issue de la quatrième séance, mais mon excitation est retombée comme un soufflet. Comment se mettre à combattre tous ces jours de « que fait-elle en ce moment, et je suis malheureux » et ces semaines de « qu'est-ce qu'on s'aimait... » ? J'ai recommencé à voir la bouteille à moitié vide. Qui plus est, en admettant que Marzi et Sacha aient voulu de nouveau m'adresser la parole après la violence de mon geste, encore fallait-il qu'ils ne soient pas tombés amoureux l'un de l'autre. Par ailleurs, une chose me gênait avec Irina, sans que je sache encore laquelle. Je me suis donc réfugié dans *Super Jaimie*. En appuyant simultanément sur les touches « play » et « record », je savais que quarante-sept minutes durant, je pouvais mettre mon cerveau sur off. J'attendais chaque épisode avec impatience, notamment la troisième saison encore inédite en

France. Combien de fois ai-je appuyé sur la touche « play » depuis ? En dehors de ces plages, le temps s'est mis à passer de plus en plus lentement. Certains jours, je pouvais observer une fissure au plafond pendant des heures avant d'en voir apparaître une deuxième, puis une troisième, avec une tâche juste à côté. Parfois, j'avais l'étrange impression d'être capable de m'engouffrer dans l'une d'elles et d'entrer dans un autre espace-temps, une dimension dans laquelle je ne m'appartenais plus. Comme si ma mémoire disparaissait par ces petits trous noirs. Quant à mon futur lointain, je n'y songeais « même pas en rêve ». Mon projecteur ne projetait plus. De même que le temps s'était condensé, mon estomac s'était comprimé ; le goût et l'odeur des aliments étaient devenus insipides. Dans cette flemme absolue, lire les étiquettes en mangeant ne me procurait plus aucun plaisir, ouvrir une conserve me demandait un effort ; tous les ustensiles de cuisine m'étaient d'ailleurs devenus invisibles, à l'exception de l'ouvre-boîte. Pour ainsi dire, mon champ de vision lui-même s'était rétréci.

C'est dans cet état d'esprit que j'ai abordé ma cinquième séance avec Irina. Elle m'a cerné au premier coup d'œil. J'étais en salle d'attente, je me suis levé au ralenti – en entendant le son bionique – et je l'ai suivie en traînant des pieds. Après m'avoir invité à m'asseoir face à elle, elle a naturellement commencé par me demander comment j'allais.

— Toutes les histoires ont la même fin, ai-je répondu d'une voix monocorde.

— Je vois.

— Il n'y a guère plus que *Super Jaimie* qui puisse m'apaiser. Voilà où j'en suis. À 22 ans.

— Ce n'est pas un peu exagéré ?

— Elle a toujours été dans ma vie, d'une manière ou d'une autre, vous savez. Je me fais de la peine, avoir Lindsay Wagner jouant Super Jaimie comme seule amie.

— …

— Je me souviens, je regardais ses aventures le dimanche après-midi, chez mon grand-oncle, sur une des premières télés en couleur. Dire que j'avais la vie devant moi. C'était il y a si longtemps. C'était une autre vie avec des autres gens.

Ce que m'a proposé Irina m'a alors surpris.

— Allez-vous allonger sur le divan.

— Pardon ?

— Vous m'avez bien entendu. En revanche, vous n'aurez pas droit à du thé, dans cette position !

Je me suis senti tout drôle. J'aurais juré qu'elle avait des airs de Super Jaimie, ce jour-là. Super Jaimie à lunettes… Je me suis ensuite demandé si elle n'avait pas lu dans mes pensées en me dévoilant les siennes.

— C'est encore trop douloureux pour vous de prononcer son prénom, n'est-ce pas ?

Mon cœur s'est comprimé. Instantanément, les larmes me sont montées aux yeux.

— Si j'avais su, ai-je balbutié. Les brûlés. Les grands brûlés d'amour. Celui qui fait battre les cœurs. Comme je la revois. Comme elle était belle. La douceur de sa main dans la mienne…

J'ai alors vu apparaître une boîte de Kleenex au-dessus de ma tête ; je n'ai pas cherché à contenir ma millième crise de larmes. Peu après, j'ai entendu Irina tourner les pages de son bloc-notes, rien ne lui échappait. Ayant rapproché mon coup de tête au sens propre de la dernière séance avec l'adrénalisine de notre premier entretien, elle m'a redemandé des précisions sur la manière dont j'avais démissionné.

— Vous étiez un peu confus, toutefois j'ai pu noter, pêle-mêle, « une planchette et double Nelson comme dans *Faibles femmes* » et encore « mon bras surpuissant comme si j'avais pris de l'adrénalisine ». Pourriez-vous m'en dire davantage ?

Le fait d'avoir pleuré m'avait soulagé, j'ai pu lui donner une réponse construite.

— Je faisais référence à deux épisodes de *Super Jaimie*, ai-je commencé en reniflant. Grâce à *Faibles femmes*, j'ai acquis quelques notions de catch, notamment le double Nelson. Voulez-vous que je vous montre ?

— Parlez-moi plutôt de l'adrénalisine.

— Si vous voulez. Il en est question dans *Sosie bionique*, un magnifique double épisode, lui-même étant la suite de *Double identité*, dans lequel…

— Gabriel, concentrez-vous sur l'adrénalisine, s'il vous plaît.

— Pardon. Alors pour faire simple, le docteur Courtney transforme Liza Galleway en sosie de Jaimie, dans le but de lui faire voler des documents secrets appartenant à l'OSI. À la fin de *Double identité*, Liza — qui bien évidemment n'est pas bionique – est confondue et mise en prison, mais Courtney veut sa revanche. Dans *Sosie bionique*, il découvre par hasard l'adrénalisine, une substance qui procure après mastication une super force équivalente à celle de Jaimie, pendant quelques minutes. Désactivant provisoirement la bionique de Jaimie, il réussit à la faire mettre en prison à la place de Liza. Le problème est que cette molécule possède de dangereux effets secondaires.

— Heureusement que vous avez précisé « pour faire simple ». Pour autant, voilà qui traduit votre « je ne pus retenir mon bras droit surpuissant comme si j'avais pris de l'adrénalisine ».

— Voilà.

— Je vous invite à méditer sur cette phrase pour la prochaine fois.

— Pourquoi cela ?

— Repensez-y, voulez-vous.

— C'est entendu, mais j'avoue que vous m'intriguez.

Le reste de l'entretien n'a rien donné. Je suis rentré chez moi au ralenti, chaque mouvement me coûtait. Curieux détail, je me souviens de m'être senti comme un voleur en ouvrant ma porte d'entrée. C'est un peu difficile à expliquer, quand j'ai allumé la lumière – mes rideaux étaient toujours tirés –, seuls les objets situés dans l'axe de mon regard me sont apparus, comme si je les avais éclairés à l'aide d'une lampe de poche. Je me suis dit qu'à force de vivre dans le noir, mes yeux se mettaient peut-être à me jouer des tours. Mon projecteur s'est d'ailleurs remis à fonctionner peu de temps après, mais à l'envers, uniquement pour les mauvais souvenirs. Je les ruminais, je les mâchais comme du chewing-gum… ou comme de l'adrénalisine, car je n'avais rien trouvé de mieux que *Super Jaimie* pour m'échapper de moi. J'étais bien incapable de le comprendre à l'époque, mais ce mécanisme d'« identification projective », le fait d'attribuer à Jaimie certains de mes sentiments, était le seul moyen que j'avais trouvé pour éviter de me perdre totalement. En d'autres termes, il me permettait de maintenir une continuité avec moi-même, fût-elle illusoire.

Irina a attaqué bille en tête dès le début de la sixième séance.

— Avez-vous pu repenser à l'adrénalisine ?

— Encore !

— Souvenez-vous, je vous avais demandé de méditer sur « mon bras droit surpuissant comme si j'avais pris de l'adrénalisine ».

— Oui. Et ?

— C'est important, Gabriel.

— Si vous le dites. Pourrais-je savoir pourquoi vous attachez autant d'importance à cette petite phrase ?

— Vous ne feriez pas un peu de résistance ? s'est-elle exclamée en souriant pour détendre un peu l'atmosphère. Je vais vous mettre sur la voie, mais je vous demande vraiment d'y songer pour la prochaine fois.

— J'ai compris.

— Écoutez, nous ne tentons pas seulement d'approfondir les relations qui vous unissent à vos proches, nous essayons de comprendre celles qui s'établissent entre vous et *Super Jaimie*, et votre petite phrase avec l'adrénalisine en est l'illustration.

Je ne comprenais pas en quoi le fait d'avoir trouvé un réconfort dans cette série était à approfondir. Irina commençait à m'agacer. Elle m'a ensuite entraîné sur un terrain que je voulais absolument éviter.

— Je vais être un peu brutale, je trouve que vous n'avez pas bonne mine, en ce moment. Mangez-vous suffisamment ?

— …

— Dormez-vous bien ?

Je me suis refermé comme une huître, je voyais parfaitement où elle voulait en venir.

— Bien, je vais vous faire une petite prescription. Ne faites pas non de la tête, laissez-moi d'abord vous expliquer. Il s'agit d'associer un antidépresseur léger, sans aucune accoutumance, j'insiste, à un anxiolytique ; il faut absolument que vous retrouviez un peu de sommeil.

— …

— Comprenez bien le rôle de chacun : l'antidépresseur est un traitement de fond sur environ six mois, alors que l'anxiolytique est à prendre ponctuellement, disons au cas où vous vous sentiriez un peu dépassé par une situation angoissante.

Devant mon expression butée et dure, elle a conclu la séance plus rapidement qu'à l'accoutumée.

— Je récapitule. Un, vous prenez vos médicaments ; deux, nous devons absolument nous éloigner du factuel pour nous approcher de votre noyau dur. Ce qui nous amène à établir la relation entre vous et vos proches d'une part, et entre vous et cette petite phrase de *Super Jaimie* avec l'adrénalisine d'autre part.

Certes, vu le travail déjà accompli, je n'avais aucune raison de me méfier. Contre quoi mon sixième sens me mettait-il en garde ?

10

« Une femme dont le corps marchait à côté de la tête », voilà ce qu'était devenue ma mère, après une petite prescription. Suite à notre dernière séance, cette image enfouie depuis toutes ces années, celle-là même que j'avais voulu oublier de toutes mes forces, a ressurgi au cœur d'une énième nuit sans sommeil. Je me suis rappelé le moment où, allongée sur le lit de sa chambre, elle m'a posé cette question en m'apercevant au seuil de sa porte : « Qui êtes-vous, monsieur ? » Sur le moment, je n'ai rien laissé paraître, j'ai reculé d'un pas. Elle m'a de nouveau demandé gentiment qui j'étais, un sourire terrifiant aux lèvres. Je lui ai répondu en chuchotant. « Ah bon, vous êtes mon fils », a-t-elle répété doucement. Elle dont la mémoire avant de prendre tous ces antidépresseurs était prodigieuse. Puis elle est retournée dans son silence et s'est remise à fixer le plafond. Les bras à terre, j'ai fait « comme si » et j'ai quitté la pièce, mais l'écho de sa phrase avait déjà commencé à résonner en moi ; Munch s'était mis à crier en silence. Aux antipodes du cercle vertueux évoqué avec Irina, je me suis donc mis à tourner en boucle, avec la désagréable impression d'avoir depuis le début de mon traitement davantage de difficultés à me remémorer mon passé lointain. Certes, certaines images – dont celles de mon grand-oncle agitant sa bouteille de Pétrole Hahn avant de se frictionner les cheveux – m'ont temporairement apaisé, mais à l'instar de ma mère s'éloignant du rivage, j'ai commencé à perdre toute envie de vouloir. Étaient-ce le même plafond, les mêmes fissures qu'elle avait aperçus jadis ? Vingt ans plus tard, les répliques de ces tremblements de mère dues à ses hypnotiques me faisaient à mon tour trembler. Où donc était passée sa fabuleuse mémoire ? J'ai tenté d'expliquer mes craintes à Irina, la dépendance de ma mère vis à vis des antidépresseurs, son indolence. Nous en étions à notre septième entrevue. Après m'avoir servi une tasse de Butterfly of Taiwan, elle a commencé par me demander, comme à chaque fois, comment j'allais.

— Franchement ? ai-je répondu d'une voix blanche.

— C'est le but.

— Pas bien.

— Expliquez-moi.

— Je crois que l'on pourrait mettre ma photo dans le dictionnaire pour illustrer *mélancolie anxieuse :* « Insidieusement, le malade se sent envahi par le découragement. Il devient sombre, pessimiste. La fatigue lui fait cesser toute activité. »

— Vous avez appris la définition par cœur ?

— Disons que j'ai hérité de la mémoire de ma mère. Rendez-vous compte, jusqu'à il n'y a pas si longtemps, il me suffisait de lire un texte à voix haute pour m'en souvenir.

C'était le moment idéal de lui avouer ma réticence

vis à vis des antidépresseurs, j'ai réellement voulu le faire, je n'ai pas su. En une fraction de seconde, j'ai décidé de m'accorder un délai de réflexion, quelques jours pour savoir si oui ou non j'allais interrompre le traitement que je venais d'entamer. J'ai alors tenté d'en savoir davantage sur la mélancolie anxieuse.

— C'est un peu l'angoisse, comme on dit. J'avoue ne pas avoir bien saisi la définition dans le dictionnaire ; qu'entend-t-on par « intrusion dans l'imaginaire » ?

— L'angoisse ne permet pas une représentation objective de la peur, elle est donc dramatique pour celui qui la vit.

— Et quelles sont ses manifestations ?

— Disons qu'il existe plusieurs niveaux d'intensité. Avoir la gorge serrée ou du mal à respirer sont des symptômes assez courants.

— Ce n'est pas mon cas pour l'instant. Dites, croyez-vous que je sois un véritable angoissé ?

Elle m'a répondu par un sourire. J'en ai conclu qu'ayant une représentation objective de ma peur, en l'occurrence celle de prendre des médicaments, ce que j'éprouvais n'était pas de l'angoisse. Qui plus est, je n'éprouvais aucune des gênes qu'elle venait d'énoncer. J'ai ensuite guetté le moment où elle allait revenir à la charge avec l'adrénalisine pour savoir une bonne fois pour toutes ce qu'elle avait derrière la tête, et contre toute attente je l'ai devancée ; je voulais absolument prendre la décision d'interrompre mon traitement en connaissance de cause. Je lui ai avoué m'être réveillé en sursaut, en hurlant cette phrase : « Je ne suis pas Liza, je m'appelle Jaimie ! Je suis Jaimie ! » Elle n'a pas eu besoin de relire ses notes pour me répondre : « Il s'agit probablement de la Liza de *Double identité*, qui après avoir consommé de l'adrénalisine s'est vue provisoirement dotée de la même force que Jaimie, celle-là même que vous avez ressentie lors de votre altercation avec votre ancien directeur. » Déstabilisé – je savais que chacun de ses mots avait son importance –, je lui ai répliqué qu'il s'agissait d'une fiction ; Irina ne pouvait tout de même pas envisager que je me prenne pour Super Jaimie !

Comme un fait exprès, *Sosie bionique*, la suite de *Double identité*, passait justement à l'antenne ce soir-là. Pour couper court à la discussion que j'avais moi-même lancée, je lui ai proposé de regarder cet épisode afin d'en débattre sérieusement lors de notre prochain entretien. Pour ma part, j'étais certain qu'il s'agissait d'un signe. Jusqu'à la diffusion, je me suis mis martel en tête pour essayer d'en comprendre la signification – Jaimie mise en prison à la place de Liza se retrouve dans l'impossibilité de prouver son identité et perd les pédales –, mais rien à faire.

C'est en regardant l'épisode que j'ai finalement compris, ou tout du moins que j'ai pu commencer à formuler ce qui me gênait depuis plusieurs séances. Jaimie, via Liza, me mettait en garde contre les effets secondaires des médicaments. Cette molécule cristallisait ma crainte des antidépresseurs. J'ai poussé le curseur plus loin. En voyant Liza devenir à moitié folle, il m'est clairement apparu qu'Irina s'était mise à chercher dans une autre direction. Selon elle, l'adrénalisine devait symboliser une quelconque pathologie liée à *Super Jaimie*. Se mettait-elle à me prendre pour un malade ? Écœuré, je me suis dit qu'à la prochaine consultation je devais absolument en avoir le cœur net.

11

— Merci, docteur, Gabriel devenait trop violent.

Où suis-je ? Qui sont ces docteurs ? Que viennent-t-ils de m'injecter ?

— Demain il recouvrera ses esprits, vous verrez.

Je ne peux pas parler, leur piqûre m'assomme. Où est Irina ?

— Et il guérira en retrouvant son vrai...

Pourquoi me met-t-on la photo d'une inconnue sous le nez ?

— Espérons-le. Mais avant cela, il faudra l'...

On m'évacue sur un brancard. Il y a un grand couloir. Tout est flou.

— Où allez-vous le mettre, cette nuit ?

Qu'est-ce qu'ils racontent ?

— Ici. Il y sera plus en sécurité qu'ailleurs.

Mais c'est une cellule !

— Mettez un sédatif dans son repas. Je ne veux pas d'ennuis avec lui jusqu'à ce qu'on l'opère, demain matin.

Quoi ! Je ne comprends rien.

— Gabriel ?

D'où vient cette voix ?

— Gabriel ?

Cette ampoule au plafond m'aveugle.

— Gabriel !

Tout est blanc. Ferme les yeux. Ouvre !

— Je ne suis pas Liza, je m'appelle Jaimie ! Je suis Jaimie Sommers !

Je me suis réveillé en nage, j'étais Liza Galleway et je perdais les pédales... ou bien j'étais Jaimie. Je me suis mis à tout mélanger, Liza, Jaimie, les docteurs, Irina ; ce cauchemar, que signifiait-t-il ?

J'ai refait le point en salle d'attente. Jaimie et Liza, dont les places ont été interchangées en prison, se retrouvent dans l'impossibilité de prouver leurs identités et commencent à perdre la raison. À la base, le message est clair : me méfier des médicaments. Irina est alors venue me chercher. Curieux détail, en la précédant jusqu'à son bureau, j'ai pour la première fois aperçu les portes entrouvertes d'un cabinet dentaire et d'un local à photocopie. Je me suis immédiatement fait la réflexion suivante : *à force de regarder « à l'intérieur » depuis plusieurs semaines, tous les lieux et tous les objets situés à quelques mètres de moi sont devenus invisibles ; si mon champ de vision s'élargit de nouveau, n'est-ce pas grâce aux antidépresseurs ?* J'ai malheureusement une nouvelle fois changé d'avis en entrant dans le cabinet. *Si mes souvenirs sont tellement embrouillés, n'est-ce pas à cause de leurs effets secondaires ?* Je me suis mis à bouillonner, et ce malgré mon calme apparent. Une partie de moi en voulait à Irina de sa prescription et ce qu'elle laissait entendre, une autre était subjuguée par sa beauté et son intelligence, sans parler du cérémonial du Butterfly of Taiwan, ce rituel devenu incontournable. Le temps qu'Irina s'installe face à moi, j'ai réalisé qu'il s'agissait du seul endroit lénifiant de ma vie ; j'ai ainsi pu savourer ma première gorgée de thé en découvrant de nouveaux dessins d'enfants dans sa bibliothèque. Néanmoins, je m'étais promis de ressortir de cette séance, en sachant d'une part ce qu'elle avait derrière la tête, en ayant pris d'autre part la décision de poursuivre ou non mon traitement. Mon cauchemar a bien évidemment été au cœur de notre entretien.

— Essayez de m'expliquer ce que vous avez ressenti physiquement.

— Je ne pouvais pas tenir en place, j'étais comme fou. Je faisais du va-et-vient dans une cellule entièrement capitonnée de blanc. C'est à peine si je pouvais desserrer les mâchoires, y compris quelques secondes après mon réveil.

Ella a fait la moue avant de poursuivre.

— Aussi loin que vous puissiez remonter dans le temps, avez-vous déjà entendu ce genre d'histoire dans votre famille ?

— Je ne sais pas. Je ne crois pas, non.

Il s'est alors établi un silence gênant entre nous.

— Je vais vous faire une révélation, mais auparavant, je vous préviens que vous n'allez pas aimer.

— Allez-y. Au point où j'en suis…

Je me souviens d'avoir agrippé les accoudoirs de ma chaise à cet instant précis.

— Je pense que vous avez vécu une attaque de panique à la place de Jaimie.

Le petit vélo que j'avais dans la tête depuis plusieurs séances a pris de la vitesse d'un coup ; Irina me prenait-elle réellement pour un fou ? Je me suis promis d'interrompre mon traitement sur-le-champ. Sans parler des effets secondaires des antidépresseurs et de mon passé qui commençait à me faire défaut. Pourtant, tout avait si bien commencé. L'hypnose, couplée à ses judicieuses questions, nous avait fait progresser d'un pas de géant dès notre deuxième entrevue. Pourquoi s'était-elle ensuite fixée sur l'adrénalisine ? À force de m'en rebattre les oreilles d'une séance sur l'autre, n'était-il pas normal que je me mette à en rêver ? À en cauchemarder ? Comme un boxeur sonné, j'ai fait un crochet dans le vide.

— Je connais pratiquement par cœur toutes les aventures de Jaimie, je me suis peut-être un peu mélangé les pinceaux.

— …

Voyant qu'elle n'en démordait pas, j'ai voulu connaître l'étendue de sa suspicion ; j'ai enchaîné.

— Laissez-moi deviner, nous allons à présent parler de l'adrénalisine ?

— Rappelez-moi ses propriétés.

— Docteur, il s'agit d'une fiction. Cette molécule n'existe pas. Où voulez-vous en venir, à la fin ?

— Vous rappelez-vous notre dernier entretien ?

— Votre petite prescription me fait perdre la mémoire, mais quand-même pas à ce point !

— D'accord…

Tout s'est joué en un dixième de seconde, il s'en est fallu d'un rien pour que je m'en aille sur-le-champ. Parfois, les mots n'ont pas d'importance, seule la façon de les prononcer compte ; la sincérité avec laquelle elle a dit « d'accord » m'a une nouvelle fois retourné.

— D'accord, a-t-elle repris encore plus doucement. Que ne m'avez-vous pas dit à propos des antidépresseurs ?

J'ai soudain eu envie de me blottir dans ses bras.

— J'ai peut-être omis de vous signaler que ma mère en a pris des tonnes.

— Je vois. Sachez que ce ne sont pas les mêmes

que ceux que je vous ai prescrits. De nombreux progrès ont été effectués dans ce domaine, depuis, il faut que vous l'entendiez.

J'ai baissé les yeux.

— Vous devez être très régulier, ne pas oublier un seul comprimé.

Une nouvelle fois, le doute s'est emparé de moi, j'ai encore été sur le point de changer d'avis.

— Je sais, ceux qui se coupent en quatre.

— Non, les comprimés sécables sont les anxiolytiques. Vous n'en n'avez pas pris après votre cauchemar ?

Entre les antidépresseurs, les anxiolytiques, les hypnotiques et les barbituriques, ma peur a de nouveau repris le dessus ; j'ai une bonne fois pour toutes décidé de ne plus mettre le doigt dans l'engrenage.

— Pourquoi vous mettez-vous la main sur l'estomac ? Avez-vous mal ?

— Un peu, oui.

— Ce n'est rien, je vais vous prescrire un pansement gastrique. À ce propos, mangez-vous un peu mieux ?

— ….

— Écoutez-moi bien, il faut vous nourrir. Tout ce qui peut vous faire plaisir. Bon, nous allons stopper ici notre séance, je vous sens épuisé. N'oubliez pas de suivre mes prescriptions à la lettre, c'est important.

J'ai hoché la tête en étant incapable de prononcer le mot oui. Inconsciemment, une partie de moi refusait d'admettre ma décision désormais irrévocable. Je me suis alors mis à gamberger en entrant dans un cercle vicieux ; mentir par omission à Irina me culpabilisait d'autant plus que nous avions fait du bon travail jusque-là.

12

J'ai tiré mes rideaux pour vivre en totale réclusion ; les jours duraient des nuits. Je me souviens d'une bribe de reportage à pas d'heure sur la Mongolie, j'avais coupé le son et mis un disque du Grand Jacques ; des images du désert de Gobi se mêlaient aux chansons des *Marquises*, son ultime album – celui avec un grand ciel sur la pochette. Il y avait des collines et des yourtes au milieu de nulle part, des chèvres et des bergers préparant du thé au lait salé et de la soupe de mouton bouilli. Oh ! Marzi, ton visage de Kazhare et tes yeux bleus Tangris. Enfin, les collines se sont aplaties, et Brel a rejoint son plat pays ; je n'avais pas dormi depuis quarante-huit heures. À mon réveil – *Jef* tournait encore à vide sur la platine –, une phrase de mon grand-oncle m'est revenue. « Parfois faire les choses avant de réfléchir. » Sans transition, j'ai décidé de t'appeler. J'ai composé ton numéro, le cœur tambourinant. Top sonore, silence à l'autre bout du fil… j'ai raccroché, le cœur en charpie. Les répondeurs ne répondent pas. Je voulais te dire Marzi, toute ma vie je t'aurais gardée dans mon cœur, toute ma vie j'aurais *fermé les yeux pour que ce soit plus fort.* Notre première nuit sous la pleine lune, notre planète rouge. Dire que nous avons vécu tout cela. Il me restait un fond de vodka, je me suis installé à la fenêtre pour une dernière gorgée de toi dans mon mug *Super Jaimie,* et tu es apparue, évidemment ; j'avais tellement envie de te serrer dans mes bras. Je me suis retourné, tu étais toujours là. Il y avait une glace dorée à l'or fin au-dessus de la cheminée, je m'en suis approché. Bras appuyés sur le marbre, deux yeux grands ouverts m'ont fixé, deux grands yeux sans visage. Je suis sorti pour ne pas faire de connerie.

Une heure du matin, la ville avait baissé le son. Je marchais seul dans les rues en écoutant la gomme de mes baskets sur l'asphalte. Soudainement je me suis arrêté en me demandant ce qui provoquait les rencontres. Le hasard, notre inconscient ou Dieu ? Une nouvelle fois, je me suis retourné, mais tu n'étais pas là. Je le savais, bien sûr, mais cela m'a simplement fait plaisir d'avoir pensé le contraire une seconde. Comment peut-on croire et ne pas croire quelque chose à la fois ? J'y ai songé un long moment, immobile. Un Jef a fini par apparaitre au loin, immense, avec une grande barbe. Très digne, il avait une prestance, à tel point que son costume râpé m'a semblé être du sur-mesure. Il s'est approché de moi sans rien dire, avec sa carcasse de cent kilos. C'est étrange, j'ai d'emblée eu l'impression de retrouver *un ami qui me savait déjà.* Nous nous sommes regardés bien droit dans les yeux, il a esquissé un mouvement de tête vers l'épicerie d'en face – nous ne nous étions toujours pas adressé la parole –, je lui ai fait signe de m'attendre, le temps d'acheter deux côtes-du-rhône plus une petite bouteille de vodka que j'ai volée, j'ignore pourquoi. C'était la première fois de ma vie. Ensuite, je suis ressorti et me suis assis à côté de lui sur un banc. Après avoir bu une rasade d'au moins un demi-litre – je n'avais jamais vu ça –, il a lentement tourné la tête vers moi en me lorgnant. Étonnamment, je me suis senti en confiance ; j'avais l'image de ce grand collier de barbe qui venait de se mettre un demi-litron d'un coup dans la panse. Puis il a regardé au loin et il a dit : « Dans la rue, ça fait mal. Je voudrais que ça se termine. Je voudrais m'endormir là… tranquille ». J'ai attaqué ma vodka au goulot.

Je lui ai demandé un peu plus tard s'il était déjà allé en Mongolie.

— Pourquoi tu me poses cette question ? a-t-il répondu intrigué.

— Je ne sais pas, j'ai vu un reportage tout à l'heure, ça m'a donné envie.

« Parfois faire les choses avant de réfléchir. »

— C'est bizarre que tu me demandes ça.

— Vous y êtes déjà allé, n'est-ce-pas ? Ça ne vous dérangerait pas de me raconter ?

Il a hoché la tête après avoir siphonné la première bouteille.

— Ça remonte à… Peu importe, c'était dans une autre vie. Nous étions une dizaine, guide compris. Je me souviens, dans le groupe il y avait un enfant.

Un ange est passé. J'ai repris lentement.

— On doit se sentir libre, là-bas, non ?

— On quitte la civilisation.

Il s'exprimait de manière tellement claire, je me suis demandé ce qui avait bien pu lui arriver pour le faire sortir si violemment du système. Et puis j'ai songé que je ne me serais jamais posé cette question si je n'étais pas moi-même en train de toucher le fond.

— On marchait toute la journée, tu vois, le soir on bivouaquait. Parfois, on voyageait en camion, à l'arrière, comme des chèvres, quand une yourte apparaissait, notre guide nous disait : « Stop ! » Je l'aimais bien, celui-là, avec sa théière portative.

J'ai pensé à mon reportage, évidemment. Cette synchronicité... Il en a profité pour ouvrir son deuxième côtes-du-rhône puis a porté un toast en levant sa bouteille.

— Au rituel du thé salé !

— Au rituel ! ai-je répondu en trinquant avec ma vodka volée.

— C'est là que nous nous sommes parlé pour la première fois, le petit enfant et moi. Il avait un carnet à spirales dans lequel il dessinait tout ce qui lui passait par la tête. Un jour, il a dessiné un ange.

J'ai senti qu'il ne fallait pas poursuivre dans cette direction. Il a lui-même changé de sujet.

— Ouais, tous assis en tailleur autour d'une théière, impossible de passer une journée sans thé. Les choses les plus simples...

À la moitié de son deuxième côtes-du-rhône, il est devenu poétique. Je me suis demandé s'il n'avait pas été prof de lettres.

— Ces brumes de chaleur à perte de vue, ces reliefs doux et arrondis, c'était comme une invitation au silence.

Ou prof de yoga.

— S'asseoir et se laisser remplir par cet espace. Le soir, dans les montagnes, notre guide nous installait des matelas, des tapis, des bougies. Nous n'avions qu'à piocher dans n'importe quel plat, il y en avait partout.

Il a bu une nouvelle rasade d'un demi-litre.

— C'était comme si je devenais enfin moi. Cette sensation d'être une personne neuve… On se pose un tas de questions, tu verras.

Je lui ai demandé lesquelles, bien sûr.

— Comment était notre terre, il y a des millions d'années ? Quel est le sens de tout ça ? Comment en est-on arrivé là ?

— Un matin où nous avons repris la route, j'ai cru apercevoir la mer Rouge dans le désert.

J'ai visualisé un chemin tout tracé pour être suivi. Sommes-nous réellement libres ? Réellement nous ?

— C'était vraiment magnifique, le soleil se levait à 6 heures… Je préfère les couchers, c'est la fin d'une étape, un passage à autre chose.

Ses derniers mots ont résonné fort en moi.

— Un matin, nous nous sommes tous isolés pour marcher, même les couples. Être seul au monde et avancer dans le truc. Sans but, mais avancer. Être accueilli par le désert aride, sauvage, avec ses couleurs douces, c'est la beauté à l'état pur.

La beauté à l'état pur… J'ai songé à Marzi.

Deux heures du matin. Jef et moi cuvions toujours. Plus de côtes-du-rhône, plus de vodka ; l'épicerie de nuit avait fermé. Il faisait très doux, cette nuit-là. J'ai regardé derrière nous, il y avait un petit bout de pelouse avec un banc de tulipes. J'avais vraiment trop bu, je suis allé m'allonger. La tête me tournait… tournait de Jef, tournait de vodka, tournait de malheur. Impossible de fermer les yeux sans vomir. J'ai songé au grand ciel sur la pochette des *Marquises* en suivant la course des nuages au ralenti. Enfin, assommé de fatigue, j'ai fini par fermer les yeux. Mon cerveau plein de sable pesait une tonne.

Lorsque je me suis réveillé la tête dans les tulipes, Jef n'était plus là et le soleil brillait. Je me suis levé péniblement, j'ai pris le métro, une petite vieille chantait *Mathilde est revenue* dans un couloir, pour personne. Un vieux Chaplin s'est arrêté à sa hauteur, a fouillé ses poches et lui a donné une pièce. Désespéré ou rempli d'espoir, je me suis dit que je serais fou de te revoir… et fou de ne pas te revoir. « Mon cœur, arrête de répéter, quelle est plus belle qu'avant l'été. » Départ ! Je me suis mis à courir de plus en plus vite, comme le font les héros à la fin d'une comédie romantique lorsqu'ils vont retrouver leur moitié, et puis j'ai remercié Jacques en grimpant les escaliers deux par deux. « Dites-moi, dites-moi qu'il ne faut pas. » Devant l'association, les choses se sont enchaînées à merveille. J'ai entendu le bip familier de la porte cochère, et tu es apparue, sublime. Moins de deux mètres nous séparaient. Vers toi je me suis avancé, les bras tendus…

La suite a été atroce. Devant ton absence de réaction – peut-être était-ce l'effet de surprise –, je n'ai rien su te dire, pas un mot. J'avais peur, je savais que ça pouvait partir dans tous les sens. Moi qui pourtant connaissais nos silences, je n'ai une fois de plus pas su nous laisser le temps ; j'ai d'emblée tout bousillé en te fusillant du regard. Des ombres ont parcouru ton visage, je t'ai vu respirer aussi fort que moi. Qu'as-tu été sur le point de me dire ? Qu'en voulant aller trop vite, au début de notre relation, je t'avais effrayée ? Que tu te doutais avoir bouleversé ma vie en faisant ressurgir des blessures enfouies, mais que tu ne t'attendais pas à une telle réaction ? Que tu m'avais malgré tout cherché pendant des jours parce que tu avais commencé à m'aimer ? Que tu avais pitié de moi ? Que Sacha et toi vous étiez fait une raison à mon sujet et étiez devenus proches ? Mais oui, bien sûr, proches au point d'effectuer un voyage en Pologne pour ce putain de chantier ! Qu'as-tu tenté de ne pas me dire ? Dans un couple, on peut tout se pardonner, sauf ce que l'on n'a pas fait.

Au fond de moi – tout au fond de moi –, je crevais de peur. De ma vie, je n'avais jamais autant été en proie à des sentiments contraires, et face à une pression trop forte, ce qui devait arriver arriva. Pourquoi ai-je laissé ma lâcheté prendre le dessus ? Pourquoi ai-je voulu définitivement tout détruire, précisément au moment où j'ai voulu te prendre dans mes bras ? Tout s'est joué pour nous en moins d'une seconde. Incrédule, tu m'as demandé sèchement :

— Qu'est-ce-que tu viens faire là ?

Je n'ai rien compris sur le moment, mais j'ai donné le change en t'agressant d'un regard accusateur. Si seulement j'avais été moins fier, moins bête. Comment aurais-tu pu agir autrement en me voyant soudainement réapparaitre après plusieurs mois d'absence ?

— Qu'est-ce-que tu veux ?

— Je voulais…

— Stop ! N'avance plus, maintenant. Non mais, attends, pour qui me prends-tu ? Tu pars comme ça, du jour au lendemain, tu reviens, tu claques dans tes doigts, et hop ! Qu'est-ce que tu crois, à la fin, à quoi t'attends-tu ? J'ai perdu confiance en toi, tu comprends ?

J'ai alors comprimé mon cœur au maximum pour

te faire sortir de tes gongs.

— C'est toi qui as tout bousillé, ai-je lancé.

— Je te demande pardon ?

— Je sais bien ce que j'ai entendu, un certain soir, c'est toi qui as tout bousillé.

— Comment ? Mais… qu'est-ce que tu racontes, je ne comprends rien.

— Je me comprends, va.

À cet instant précis, tu t'es mise à balbutier.

— Ce que… ce que tu dis n'a aucun sens.

— Peut-être, mais je sais ce que j'ai entendu.

— Mais entendu quoi ?

— J'ai inventé que tu allais partir avec le beau Sacha en Pologne, peut-être ?

— C'est pas vrai…

— Réponds à ma question.

— Mais… Tu es fou.

— Est-ce que tu est partie avec le beau Sacha en Pologne pour ce putain de chantier, oui ou non ?

Voilà, cette fois j'ai décroché la timbale.

— Des bribes de paroles, et alors ? Ne me dis pas que tu t'es enfui, parce que… Oh non, c'est un cauchemar. Mais si tu avais le moindre doute, pourquoi n'es-tu pas venu me voir pour en parler, nous sommes adultes, non !

— Pour ce putain de chantier, ai-je répété.

— Stop. Stop ! Ça justifie de laisser quelqu'un sans nouvelles pendant des mois ? Quelqu'un à qui l'on dit tenir ! Écoute-moi bien, quand on construit quelque chose, on ne part pas comme ça, du jour au lendemain, sans une explication, ce n'est pas et ce ne sera jamais ma conception du couple, est-ce-que tu comprends ça ?

111

Je t'ai alors fait mon plus beau sourire de fou.

— C'est atroce, ton attitude prouve que je me suis trompé sur toute la ligne. J'avais vraiment commencé à t'aimer, tu sais, je me sentais réellement bien avec toi.

— Pour ce putain de chantier, ai-je hurlé à m'en décrocher la mâchoire.

— Tu m'as brisé le cœur, Gabriel, tu as tout gâché. Dire que je t'ai cherché pendant des semaines sans que tu bouges le petit doigt. Oui, je vais bientôt partir pour ce putain de chantier, comme tu dis. Va te faire soigner.

Je vais devenir dingue, comment ai-je fait… pour ne rien faire en te voyant te mettre à pleurer. J'ai préféré me détruire à tes yeux plutôt que de subir à nouveau l'enfer. Et ce n'en était que l'avant-goût. Quel gâchis magnifique… Sentant la panique me gagner, j'ai pris mes jambes à mon cou. Le cabinet d'Irina n'était pas loin, peu importe si elle était avec un autre patient. C'était une urgence. Une urgence psychiatrique.

13

J'ai foncé chez Irina en pleurs, mais aucune larme n'est sortie. C'est là que j'ai basculé, je veux dire pour de bon, dans la rue, tout seul, comme ça. J'ai d'abord arrêté de courir, puis de sangloter, enfin j'ai arrêté de marcher. Au beau milieu de la foule, je me suis bouché les oreilles en fermant les yeux, longtemps peut-être ; en les rouvrant, j'étais dans un état second, agité et calme à la fois… extrêmement agité et extrêmement calme. Beaucoup d'images ont défilé très vite dans ma tête, dont celles de Schwartz lorsque je l'ai agressé. En me remémorant son regard interloqué, j'ai senti un sourire étrange se dessiner sur mon visage. J'ai ensuite repris ma marche d'un pas assuré, les épaules bien en arrière, avec une impression de déjà-vu. Adolescent, ce même sentiment d'invincibilité s'était parfois emparé de moi, juste après la diffusion de certains épisodes de *Super Jaimie*, mais bien évidemment je n'avais jamais poussé le curseur aussi loin. Entre ma mélancolie, mes pulsions, la violence du choc que je venais de subir avec Marzi, mes deux nuits quasi blanches d'affilée, dont la dernière très alcoolisée avec Jef, le tout sans aide médicamenteuse, ma santé mentale s'était considérablement dégradée. Ainsi, en stoppant prématurément mon traitement, je m'étais maladivement fixé sur Marzi. Pour la reconquérir, il m'aurait fallu prendre appel dans mon passé, or ce dernier m'avait fait défaut, non pas à cause des antidépresseurs, comme je me l'imaginais, mais de ma mélancolie profonde ; les pertes de mémoire sont le lot quotidien des déprimés. Qui plus est, je m'étais mis en tête de comprendre toute mon histoire familiale impérativement avant que Marzi et Sacha ne s'attachent trop l'un à l'autre ; il m'était devenu insupportable d'imaginer naître une histoire d'amour entre eux. La pression que je me suis alors infligée est rapidement devenue intolérable. Inexorablement, le piège s'est refermé sur moi, et ce qui devait arriver arriva : pour surmonter ma rencontre catastrophique avec Marzi, je n'ai eu comme recours que de me réfugier sans transition dans un profond déni.

« Vous avez de la chance, m'a dit Irina en m'ouvrant la porte d'entrée, un de mes patients vient de se désister. » Le cabinet était désert, ce matin-là (son collègue dentiste ne travaillait pas), elle m'a précédé dans le couloir, refermant au passage la porte du local à photocopie restée entrouverte. Il faisait beau, il y avait cette odeur de printemps ; je l'ai suivie, image par image, dans mon brouillard, hypnotisé par sa silhouette. Elle portait une petite robe noire à la Jackie Kennedy. En l'observant de dos, avec sa tête légèrement inclinée vers la droite, je me suis dit que son corps devait être plus lourd du côté gauche... Elle sentait bon le musc.

« Très subtil, comme thé, vous allez voir », m'a-t-elle chuchoté en m'offrant une tasse de Topkapi du Japon. Jamais son rituel ne m'a paru plus agréable. Nous avons classiquement débuté en face-à-face ; lorsqu'elle m'a effleuré la cheville par mégarde, j'ai soudainement été très excité en l'imaginant croiser ses jambes sous son bureau. Excité au point que j'ai voulu la séduire, j'étais tellement frustré de mon fiasco avec Marzi, tellement en colère contre moi.

— Oui, très subtil, ai-je répété les yeux mi-clos.

— Bien, comment vous sentez-vous, aujourd'hui ?

Il était encore temps de lui confier m'être à nouveau enfui devant Marzi. Pourquoi ne lui ai-je pas non plus avoué avoir arrêté mon traitement ? J'ai pris une grande inspiration avant d'entamer le mensonge le plus délirant de ma vie.

— Eh bien voilà, la réalité a dépassé la fiction. Devinez quoi, j'ai passé un entretien d'embauche !

— C'est formidable Gabriel. Dans quel domaine ?

— Ah ! ai-je fait plein d'allant.

— J'avoue que vous aiguisez ma curiosité.

— D'abord, je voudrais juste vous signaler que je vous trouve très en beauté aujourd'hui.

— …

— Bon, vous ai-je déjà raconté que je voulais être magicien, quand j'étais petit ?

— Je l'ignorais.

— C'est là que j'ai appris à triturer, comme on dit.

Je venais de m'embarquer dans *Piège en haute mer*, un épisode dans lequel Jaimie joue les croupières.

— Triturer ?

— Oui, à manipuler les cartes, si vous préférez. Mon grand-oncle me l'a assez ressassé : pouvoir exercer un deuxième métier, au cas où.

Remarquant un léger étonnement dans son regard, j'ai articulé lentement pour être davantage crédible.

— Vous vous demandez où je veux en venir ? Vous allez bientôt voir le rapport.

— Je vous écoute.

— En partant du principe que j'aime les voyages…

— Oui ?

— Eh bien voilà, j'ai passé un entretien pour être… vous êtes tenue au secret professionnel n'est-ce pas ?

— Évidemment.

— Bien, alors figurez-vous que j'ai passé un entretien pour être croupier sur un luxueux paquebot de croisière. Mais un croupier chargé des intérêts de la banque, si vous voyez ce que je veux dire.

Quel débile !

— Vous avez l'air étonnée, voulez-vous que je vous fournisse des détails ?

— J'allais vous demander des précisions.

J'ai alors pris un air mystérieux.

— Écoutez, pour débuter, l'entretien n'a pas eu lieu à bord mais à terre, dans un bureau tout ce qu'il y a de plus classique. Après m'avoir invité à m'asseoir, notre homme – appelons-le le capitaine – a ouvert un tiroir d'où il a sorti un jeu de cartes et un petit tapis de jeu. Je me souviens, il y avait un énorme coffre-fort derrière lui. Il me demande de distribuer. Au bout de quelques mains, remarquant ma dextérité, il me regarde, disons, malicieusement. Je lui rends la pareille. Puis il me fait un clin d'œil en me glissant : « Vous triturez ? » Sans paraître étonné le moins du monde, j'acquiesce et lui réplique : « Marquer les cartes est stupide, n'importe qui peut s'en rendre compte en moins de cinq minutes. »

Pris à mon propre jeu, j'ai commencé à m'enflammer. Sans que cela me demande d'efforts, mes élucubrations se sont d'elles-mêmes ordonnées dans un ensemble structuré. J'étais tellement excité par Irina que mon délire a jailli comme jamais.

— « D'accord. Voyons vos talents, me répond-il. Souvent, à Vegas on joue au black jack par table de cinq. Je suis le pigeon en quatrième position. Nous allons voir ce que vous valez. Donnez-moi mes cartes. » Là-dessus, je distribue cinq mains à cinq joueurs imaginaires, dont la sienne en avant dernière position. Ambiance tendue. Il découvre son jeu et me fixe avant de tapoter le premier paquet de l'index. J'annonce : « Dix-sept.

« — Exact, fait-t-il. En second ?

« — Dix en partant de zéro si je vous donne un cinq.

« — C'est parfait. Le troisième ?

« — Encore dix-sept.

« — Bien joué. À mon tour. »

— Dix-neuf ». Le voilà qui se met à hurler d'un coup : « Vous me prenez pour qui, jeune homme ! Vous m'avez laissé gagner. Ça me coûte un maximum si les passagers gagnent ! » Sans me démonter, savez-vous ce que je lui réponds calmement ?

Irina a alors décroisé ses jambes en m'effleurant une nouvelle fois au passage. J'ai imaginé, les dents serrées, le crissement soyeux de ses cuisses en Dim Up.

— « Le neuf est dans votre manche, capitaine, pas dans la mienne. » Çà, je l'ai bien bluffé, je peux vous le dire ! Là-dessus, il finit par m'avouer : « Eh ! Mais c'est excellent, tout ça. Écoutez, on peut s'entendre, tous les deux, j'ai du travail pour quelqu'un d'intelligent. Vous saisissez ? »

— Cela s'est vraiment passé tel quel ?

— Puisque je vous le dis.

Est-ce qu'elle porte des Dim Up ?

— Mais alors, vous êtes pratiquement engagé ?

— Oh, vous savez, tant que ce n'est pas signé ! L'avantage est que ce ne sera pas long, j'aurai une réponse d'ici demain, au plus tard.

Il y a du monde au balcon, je l'imagine en maillot de bain deux pièces...

— Félicitations. Et savez-vous quelle sera votre première destination ?

— Euh... Les Bahamas, je crois.

— C'est formidable, Gabriel, je suis très impressionnée.

À la manière dont elle a dit « formidable », j'ai su qu'elle savait. Pourtant, j'ai continué à m'autosaborder.

— Puisque vous êtes tenue au secret professionnel, je peux vous mettre dans la confidence, je fais également appel aux maths pour triturer. Aux maths et à ma mémoire.

— Oui, votre mémoire visuelle.

Pourquoi m'a-t-elle encouragé dans cette voie ?

— Excepté qu'ici ce sont les cartes que je mémorise, pas les mots.

— Parce que vous avez également des dispositions pour les mathématiques ?

J'ai foncé tête baissée dans le piège.

— Vous voulez rire ! Lorsque j'étais étudiant, j'ai même inventé un code : le Minerva. Pour l'instant, les gens l'ignorent, mais lorsqu'ils comprendront les applications concrètes qui en découlent ! Je m'y suis re-mis, il y a peu. Du coup, j'ai fait récemment une petite vérification des facteurs ordonnés du code.

Voyant un rictus apparaître sur son visage, je me suis mis à parler de plus en plus vite.

— Prenez un as de pique. Voyons, à moins que cette carte ne me joue des tours, en Minerva, j'obtiens un nombre de cinquante chiffres égal à trois virgule zéro deux à la puissance quarante-cinq, ce qui comprend le pourcentage de mille variables causées par votre décolleté.

Son sourire s'est soudainement figé.

— Non, là je blague ! Mais je peux vous assurer que même les méthodes de décodage les plus avan-cées seront sans effet sur mon Minerva. Le facteur de sécurité réside dans la difficulté de trouver un nombre comprenant vingt-cinq à cinquante chiffres, multi-plié... multiplié par une variable de soixante chiffres. Vous voyez !

— Gabriel, est-ce que ça va ? Vous me semblez as-sez nerveux.

Je n'ai rien répondu, je n'ai même pas osé la toiser du regard.

— Bon, a-t-elle fait. Voyez-vous autre chose à me signaler ?

Pourquoi m'a-t-elle laissé me noyer sous ses yeux ?

— Oui, il y a bien... Le problème est que c'est... Enfin, disons que c'est important.

— Je vous écoute.

Vous n'auriez vraiment pas dû, Irina.

— Voilà, j'ai rêvé de vous en blouse blanche, l'autre nuit...

Elle s'est reculée légèrement sur son fauteuil, de la

même manière que Schwartz juste avant que je lui saute dessus. Peut-être a-t-elle voulu mettre un terme à notre entretien ; je ne lui en ai pas laissé l'occasion.

— S'il vous plaît, ai-je dit instinctivement.

Il fallait absolument que je déballe.

— À l'unique condition que vous vous calmiez.

— C'est promis. Essayez juste de ne pas me couper, c'est assez difficile pour moi.

Incrédule, elle a relevé ses cheveux au-dessus d'une oreille, de la même manière que Jamie l'aurait fait avec son tympan bionique pour m'écouter attentivement. J'ai vu un signe dans ce geste, je me suis lancé en prenant soin de parler le plus distinctement possible.

— Voilà, nous étions en fin de séance, j'étais votre dernier patient, il était tard.

Nous étions en début de séance, j'étais son premier patient, il était tôt.

— Il n'y a plus personne au cabinet, vous me raccompagnez à la porte d'entrée. « Un instant, me dites-vous dans le couloir en passant devant la salle d'attente. Avez-vous lu cet article sur la bionique ? » Vous récupérez un magazine sur la table basse et me proposez gentiment d'en faire une photocopie. Je suis sous le charme de chacun de vos mouvements, votre démarche féline, votre manière d'incliner légèrement la tête. Vous ouvrez la porte du local à photocopie et, sentant mon regard appuyé, vous vous retournez. Je reste à distance dans le couloir, j'ose à peine vous regarder tant vous êtes magnétique.

Je me souviens d'avoir discrètement agrippé mes accoudoirs très fort à cet instant précis.

— Vous vous apprêtez à faire la photocopie de l'article, lorsque la sonnerie du téléphone retentit. Il s'agit manifestement d'un appel que vous attendiez. Un appel... personnel. Vous vous excusez et passez rapidement devant moi pour aller répondre. Je sens vos fragrances de musc au passage ; toutes les histoires passent par le nez.

— Vous paraissez fatigué Gabriel. Êtes-vous sûr de pouvoir poursuivre ?

— Oui, peut-être y a-t-il des éléments imp... Tiens, ça me revient, le cabinet était plein de caméras. Oui, comme si nous étions sur un plateau pour le tournage d'une séquence de *Super Jaimie*...

— ...

— Je reprends mon rêve avec, disons, un plan général en caméra subjective : on aperçoit ce que je vois en empruntant à mon tour le couloir. Cela fait déjà un petit moment que je vous attends, je vais pour vous dire au revoir. Absorbée par votre coup de fil, vous avez manifestement oublié que je me trouve encore au cabinet. Peu importe, je vous admire par l'embrasure de la porte, vous vous tenez debout, à moitié assise sur votre bureau, et j'entrevois l'une de vos cuisses. Sans vous en rendre compte, vous ouvrez et fermez nerveusement les boutons du haut de votre blouse, laissant apparaître par intermittence votre somptueux décolleté. «*Tak*, dites-vous en raccrochant, *mój kochanek* », ou quelque chose du genre. J'imagine que ce sont des mots tendres. Je me demande si je ne les ai pas entendus un jour dans la bouche de Marzi... Toujours dans vos pensées, vous vous redressez vivement en m'apercevant. « Ouh ! Que faites-vous ici ? » me demandez-vous, surprise. D'une voix mâle, je vous réponds que j'en ai eu un peu marre de vous attendre au photocopieur, et puis voilà ! « Oh, je n'ai pas vu le temps passer, je suis désolée. » Vous excusez-vous en réajustant nerveusement votre blouse. « Il n'y a pas de mal, dis-je en souriant. Ne vous dérangez pas pour moi ! » Je fais un pas dans votre direction sans vous lâcher des yeux ; plan large de vous et moi, face à face, à quelques mètres l'un de l'autre. Moi, mielleux : « Sans indiscrétion, c'était un coup de fil agréable, n'est-ce pas ? » Je baisse les yeux, vous avez laissé détachés les deux premiers boutons de votre blouse, dévoilant ainsi votre poitrine opulente. Axe inverse. Plan très rapproché de vous, vous reboutonnant. « Désolé ! » Je reprends, toujours sous le coup de l'émotion : « Ça fait du bien de vous voir sourire, Irina. C'est vrai, je vous vois souvent tellement sérieuse. » Manifestement, ce coup de fil – certainement un rendez-vous galant – vous a quelque peu déstabilisée. La vie est belle pour vous ; je poursuis d'une voix posée : « Vous savez, je n'en ai pas l'air, mais je sais aussi être drôle. Ça vous étonne ? » Encore émoustillée par votre coup de fil, vous me répondez que non. « Enfin, je ne sais pas, moi… Bon, je vais faire votre photocopie !

« — Oh, mais si, j'aime… bien rire moi. » Je suis pathétique, il n'y a pas d'autres mots. Nous nous dirigeons vers le local, je vous laisse passer la première, je vous mate. « Je peux même vous dire une chose, je peux être vraiment drôle, parfois. Seulement, j'ose pas.

« — Ah, dites-vous en commençant à photocopier l'article.

« — Je vous assure, il m'arrivait même de faire rire Marzi aux éclats. » Je baisse les yeux, j'ai honte, je me fais pitié. Vous vous retournez et me répondez gentiment. « Je n'en doute pas. Et je suis certaine que vous pourrez la reconquérir.

122

« — Vous croyez ?

« — Mais oui ! » Votre sourire m'émeut, j'ai envie de me blottir dans vos bras. « Vous verrez, vous saurez trouver les mots quand vous la reverrez. » Tu parles… J'ai repensé à ma catastrophe de rencontre avec Marzi, je n'ai pas su en dire un seul, de mot. Et puis lesquels, d'abord ? Ceux que Sacha a trouvés ! Ceux que l'autre vient de vous débiter ! Stop ! Je reprends d'une voix rauque : « Quels mots ? » Je vois bien que vous minaudez en pensant à votre futur rendez-vous. « Eh bien… ça n'appartient qu'à vous », me répondez-vous, mal à l'aise. Plan rapproché en contre-plongée, vous finissez de photocopier l'article et me le tendez. Je le prends sans vous quitter des yeux, j'ai de nouveau envie de me réfugier dans vos bras – éperdument –, mais vous vous dirigez vers la sortie. « Vous partez ?

« — Eh bien, j'allais m'en aller faire une petite course, oui. » Je vous suis dans le couloir, et là, sans comprendre comment, je vous embrasse l'épaule gauche dans le dos. « Je peux peut-être oser, cette fois-ci !

« — Oh ! faites-vous. » Vous n'avez pas eu le temps de vous retourner que je vous ai déjà embrassé l'autre épaule. Surprise, vous vous arrêtez net. « Écoutez, non ! » Plan rapproché de nous en contre-plongée, je vous embrasse dans le cou, il s'est à peine écoulé une seconde.

— Gabriel, nous allons nous arrêter là.

Ignorant son injonction, j'ai commencé à faire le tour de son bureau. Par réflexe, elle s'est immédiatement levée pour me raccompagner à la porte, et nous nous sommes retrouvés nez à nez.

— Allez… un petit baiser ! ai-je quémandé.

Elle a dû réfléchir à toute allure pour me répondre gentiment.

— Non, Gabriel, vous dépassez les bornes !

C'était plus fort que moi, j'ai commencé à l'embrasser, elle m'a demandé sèchement de stopper.

— Non, écoutez, arrêtez !

— Vous voyez que je peux être super drôle, hein ! Allez, un petit baiser, quoi, imaginez que c'est l'autre !

— Non, non, arrêtez !

Je lui ai saisi le bras.

— Un petit…

J'ai bien vu qu'elle était apeurée.

— Non, ça suffit ! Non !

— Mais si !

J'ai soudain été très excité. En pleine bouffée délirante, j'ai ressenti une décharge d'adrénalisine et lui ai saisi la tête pour l'embrasser sur la bouche. Elle a commencé à se débattre.

— Non, mais non, enfin !

Je l'ai secouée par les épaules avant de l'embrasser de force.

— Tu pensais à ton rendez-vous galant, quand tu te touchais les seins, tout à l'heure !

— Non ! Non, non, non !

Elle s'est mise à hurler. Je l'ai bousculée, renversée, elle est tombée sur le dos. Dans la foulée, j'ai arraché les premiers boutons de sa blouse avant de saisir les bretelles de son soutien-gorge et de libérer ses seins. Elle a essayé de se relever, a rampé, mais je l'ai retenue par une cheville. Elle s'est mise à pleurer.

— Non, laissez-moi…non…

Je n'entendais plus rien, je l'ai maintenue de toutes

mes forces pour qu'elle reste allongée sur le dos. Elle a essayé de me repousser, mais je l'ai plaquée au sol avant de m'allonger sur elle.

— Non ! Non ! s'est-telle mise à hurler de plus belle.

Je l'ai écrasée au sol, elle m'a imploré en pleurant. D'une main j'ai saisi son cou et l'ai embrassé en descendant vers ses seins.

— Non ! Non, laissez-moi ! Non, non !

J'ai remonté sa robe Kennedy noire jusqu'en haut de ses cuisses puis ai plaqué ma main sur son sexe. Elle a continué à se débattre en braillant.

— Non ! Laissez-moi !

— Allez, un p'tit baiser !

Je l'ai maintenue de force au sol. Ses cris ont redoublé. Elle s'est débattue tout en essayant de repousser ma tête, a fait des moulinets avec ses bras, ses jambes, a tenté de se redresser. Ça m'a rendu dingue ; je l'ai frappée violemment au menton avec la paume de ma main.

Elle est retombée au sol, la bouche grande ouverte, je me suis arrêté net. Elle ne bougeait plus. Je l'ai secouée. Rien. Je l'ai soulevée en la maintenant par les épaules ; sa tête est partie en arrière.

14

Étendu sur un lit, j'ai ouvert les yeux sur un plafond immaculé. Irina était à mon chevet.

— Où… où sommes-nous ? ai-je demandé en tentant de me redresser.

— Doucement, vous êtes encore très faible.

— Ah…

— N'essayez pas de bouger. Nous sommes à l'hôpital Sainte-Anne.

— À Saint-Anne ?

Elle a hoché la tête.

— Je ne comprends pas…

— Gabriel, me faites-vous confiance ? a-t-elle demandé après un temps qui m'a semblé une éternité.

Je n'avais pas envie de répondre à sa question, je lui ai désigné les tuyaux des yeux.

— Ce sont des perfusions, je vais vous expliquer.

— Je… C'est un cauchemar ? Je ne sais pas, je ne sais plus, je mélange tout.

— Vous n'avez aucun souvenir de ce qui s'est passé ?

J'ai soudain eu un coup au cœur.

— Oh, non !

J'ai voulu me redresser d'un bond, mais tout s'est mis à tourner.

— Qu'est-ce que j'ai fait !

— Calmez-vous.

— Je ne sais pas ce qui m'a pris, je…

Je me suis soudain mis à trembler de tous mes membres.

— Calmez-vous, m'a-t-elle ordonné.

J'ignore combien de temps s'est ensuite écoulé, j'ai dû attendre que mes tremblements s'espacent. J'ai de nouveau questionné Irina dès que je m'en suis senti capable.

— Que s'est-il passé ? Dites-le-moi.

— Vous avez fait une crise d'épilepsie.

— Et vous êtes sûre que ?…

— Un collègue est intervenu très rapidement.

— Le dentiste ?

— Il passait en coup de vent au cabinet lorsqu'il a entendu du bruit et…

— Je ne sais vraiment pas ce qui m'a pris, l'ai-je coupée, j'ai tellement honte !

— Écoutez, tout s'est en partie passé dans votre tête. Certes, à un moment vous avez tenté de vous approcher de moi, mais je vous ai repoussé fermement, et vous étiez, disons, davantage inspiré par votre bouffée délirante.

Le fait de savoir que je ne l'avais pas touchée m'a instantanément ôté un poids.

— J'ai totalement perdu les pédales, vous voulez dire. À un moment, j'ai même cru que je m'étais électrocuté. Que m'est-il arrivé ?

— Vous avez eu des convulsions tumultueuses.

Je n'arrivais pas à comprendre que nous parlions de moi. Abasourdi, je lui ai de nouveau désigné la perfusion des yeux.

— C'est de l'Anafranil, un antidépresseur auquel on a associé à un anxiolytique, du Tercian. Vous avez interrompu votre traitement, n'est-ce pas ?

Je me suis remis à trembler comme une feuille.

— Écoutez, vous avez besoin de repos pour l'instant. Beaucoup de repos.

— Je vais essayer de dormir un peu, ai-je murmuré en fermant les yeux.

Dans un demi-sommeil, une conversation avec Sacha m'est revenue.

— Et à part te triturer la cervelle, Gaby, tu fais quoi, ces temps-ci ?

— Étudiant le jour, veilleur de nuit la nuit.

— Hum, tu dois rencontrer des tas de minettes, alors ?

Je me souviens avoir émergé – enfin émergé –, Irina n'était plus là.

— Tu ne crois pas si bien dire. Tiens, l'autre soir est arrivé tout un car d'italiennes.

— Waooh ! Et tu ne m'as même pas appelé, faux frère ?

— Excuse-moi.

— No problémo. Alors, ce car d'Italiennes ? »

C'était le premier souvenir n'incluant pas Jaimie dont je me suis rappelé depuis… depuis ?

— Eh bien, l'autre nuit, vers 2 heures du matin, il y a une Damiana du genre Gina Lolo…

— Gros lolos…

— … c'est ça, qui est descendue en chemise de nuit pour causer un peu. Une Damiana sortie tout droit d'un film des années 1960, tu vois, superbe, brune, avec des cheveux longs, l'accent du Sud, tout ça.

— J'y suis.

C'était avant Marzi.

— Alors, je l'ai fait passer derrière la réception pour être bien à l'aise, bavarder un peu et lui offrir ma prime de panier.

— Une vodka pomme sans pomme.

— Voilà. Elle était magnifique, vraiment. On a papoté un peu, et patati et patalère, elle était à *Parigi* depuis deux jours et avait envie de s'amuser ; ni une ni deux, elle m'a mis une main sur la cuisse, comme ça.

— Ouh là !

— Devine ce qu'elle m'a dit après ? Qu'elle a « malencontleusement » laissé ses clés à l'intérieur de sa chambre.

— Ouch !

— Elle m'a pris la main, direction l'ascenseur, moi je lui ai fait un grand sourire.

— « Paroles et paroles et paroles… »

— Cause toujours. J'ai pris mon passe-partout. Non, je suis d'abord allé fermer à clé la porte d'entrée de l'hôtel, histoire de ne pas être dérangé.

— Je vois.

— Quand je l'ai rejointe, elle était devant l'ascenseur ; les portes se sont ouvertes.

— Quel séducteur, ce Gabriel !

— Je lui ai demandé : « Quel étage ? ». Elle m'a répondu, en me frôlant le lobe de l'oreille : *« Quatro. »*

— La vache !

— C'est comme je te dis. Et là, tu sais ce que j'ai

fait ?

— Non !

— Je lui ai dit « *buena notte, Damiana* », et je suis descendu me coucher.

Je suis reparti pour un tour de cadran de sommeil artificiel ; Marzi est réapparue, goutte à goutte. Ô mon amour, dès que je t'ai aperçue, j'ai tout de suite su, tout de suite senti…

« *Nie rob swoje placz* ! Comment, ne fais pas ta petite pleureuse ! » À ces mots, j'ai ouvert péniblement un œil, un « talons-aiguille » faisait les cent pas au bas de la vitre translucide de ma chambre, Irina était en grande conversation au téléphone. Instantanément, j'ai repensé à ma crise de bouffée délirante dans son bureau. Depuis que je l'avais connue, elle avait toujours été là, qui veillait sur moi. Pourquoi ne lui avais-je pas fait confiance au point de vouloir suivre son traitement ? Pourquoi m'étais-je laissé rattraper par mon passé ? Je me suis demandé si je n'étais pas en train de devenir réellement maniaco-dépressif. Je l'ai entendue fermer bruyamment le clapet de son portable ; lorsqu'elle a ouvert ma porte, j'ai remarqué immédiatement que quelque chose n'allait pas.

— Bonjour, a-t-elle dit doucement en saisissant une chaise au pied de mon lit. Comment vous sentez-vous, aujourd'hui ?

Je me suis entendu répliquer :

— Irina je vous en prie, vous m'avez demandé de vous faire confiance, dites-moi franchement ce que je fais ici.

— J'aimerais au préalable que vous répondiez à

une question : pourquoi avez-vous interrompu prématurément votre traitement ?

Mon silence a parlé pour moi. J'ignore combien de
temps s'est ensuite écoulé avant qu'elle ne reprenne la
conversation.

— À présent, je vais prononcer un mot. J'aimerais,
s'il vous plaît, que vous ne fassiez pas non de la tête,
comme la première fois où j'ai évoqué les antidépresseurs.

J'ai serré les dents… et les poings.

— Électrochoc.

Je m'attendais au pire mais pas à cela.

— Écoutez, voulez-vous savoir de façon concrète
comment se déroule une ECT ?

— Une quoi ? ai-je répété, torpillé.

— Électroconvulsothérapie.

En état de choc, je me suis mis à fixer le mur droit
devant moi.

— Voilà, avant chaque séance, un curare d'action
rapide vous est administré pour éviter des contractions musculaires.

— Des contractions musculaires ou bien des frac-
tures ?

— L'époque de *Vol au-dessus d'un nid de coucou* est
révolue, je peux vous l'assurer.

— …

— La décision vous revient de droit, sachez-le.
Certes, votre père aurait son mot à dire, mais nous ne
pouvons nous permettre d'attendre les résultats d'une
enquête pour le retrouver, et je ne suis pas sûre que
vous le souhaitiez.

— Oui… Nous avons complètement coupé les ponts
au décès de mon grand-oncle, après celui de ma mère.

Tout s'est mélangé dans ma tête. En proie à des sentiments contraires, j'ai dû reprendre ma respiration avant de pouvoir poursuivre. Je n'en pouvais plus, de tomber toujours plus bas.

— Combien de séances seraient nécessaires si – je dis bien si – je prenais cette décision ?

— Dans votre état de mélancolie anxieuse, il serait bon d'envisager une ou deux séances avant d'aller plus loin.

Je me suis alors senti tellement seul... tellement paumé. Irina m'a une nouvelle fois donné la force de combattre sans le vouloir.

— Les effets sont beaucoup plus rapides qu'avec les antidépresseurs, je peux vous l'assurer.

— Et ce que vous ne pouvez pas m'assurer ?

En effet, pourquoi vouloir aller plus vite que des antidépresseurs déjà administrés sous perfusion ?

— Des troubles de mémoire et d'orientation sont incontestables, je vous l'accorde, mais ils diminuent rapidement.

Des troubles de mémoire... Mes propres souvenirs m'échappaient déjà uniquement à cause de ma mélancolie.

— Écoutez, nous ne ferons rien sans votre consentement, et la décision vous revient entièrement. Sachez toutefois...

— Toutefois, néanmoins, cependant...

— Laissez-moi finir ma phrase, s'il vous plaît. Sachez toutefois que cette technique revient en force dans l'approche de la psychiatrie biologique.

— Si « toutefois » j'accepte.

— Nous pensons que, dans votre cas, les bénéfices seraient bien supérieurs aux effets secondaires que je viens de vous décrire.

— Irina, pourquoi dites-vous « nous », depuis tout à l'heure ?

— Nous, le staff. Je ne suis plus la seule spécialiste à m'occuper de vous, dorénavant.

Il m'a impérativement fallu prendre une décision devant l'urgence de la situation. Certes, mon sixième sens me recommandait de me méfier, et le mot électrochoc ne me disait rien qui vaille. D'un autre côté, je ne pouvais plus ignorer la gravité de mon état. Après avoir perdu mon amour, mes amis, mon travail, mes hobbies, m'être soustrait à mon traitement avait achevé de me plonger dans une mélancolie profonde, sans compter mes bouffées délirantes avec Irina. En toute conscience, je n'ai eu d'autres choix que d'accepter ces quelques séances d'ECT. Dès le lendemain, on m'a conduit dans une minuscule chambre monitorée remplie de tuyaux de toutes les couleurs. Comment oublier cela… « C'est l'anesthésique dont je vous ai parlé, a dit Irina. Commencez à compter à rebours à partir de cent. » Une infirmière a placé deux petites électrodes au-dessus de mes sourcils, j'ai serré les mâchoires ; un mors entre les dents, j'ai attaqué le décompte mentalement : « Quatre-vingt-dix-neuf, quatre-vingt-dix-huit… ».

« Palettes en place », a dit l'infirmière.

15

On m'a donné le feu vert pour rentrer chez moi, à l'issue de la deuxième séance d'électrochocs. Dans la foulée, j'ai repris les antidépresseurs, avec cette fois la ferme intention de ne plus interrompre mon traitement ; j'avais bien retenu la leçon. C'est sur une ligne aérienne du métro, en me rendant au troisième ECT, que… À peine avais-je remarqué l'orage qui menaçait. J'ai commencé par me demander si la rediffusion du dernier épisode, *Adieu la liberté*, avait toujours autant d'impact sur moi. À l'instar des comédiens, j'avais éprouvé cette émotion de fin de tournage pour dire au revoir, au terme de trois saisons, non seulement à une amie, mais également une grande sœur et un père de substitution ; être spectateur, c'est un peu faire partie d'une famille. Adolescent, lors de la première diffusion, j'avais été bouleversé de la même manière au moment où Jaimie avait remis sa lettre de démission à Oscar. Au-delà de l'écran, j'avais ressenti que Lindsay Wagner et Richard Anderson avaient été sincèrement tristes d'avoir à tourner une dernière fois ensemble. Lyndsay Wagner, ma Jaimie… Je revois parfaitement la scène : Oscar sonne à ta porte puis grimpe à l'étage de ta drôle de petite maison, avant de s'asseoir à côté de toi sur le canapé du salon.

— Je viens juste vous embrasser Jaimie, une courte visite.

Tu es à mille lieux d'imaginer la suite.

— Voilà, vous êtes toujours à l'OSI.

— Que voulez-vous dire par là, Oscar, je croyais qu'entre nous tout était clair ?

Je partage ta déception, évidemment, comme toi je ne comprends pas.

— C'est très clair en ce qui me concerne, moi.

— Où est le problème, alors ? Je me suis mise à nue dans cette lettre, et après l'avoir lue vous venez me raconter chez moi que j'appartiens toujours à l'OSI. Vous voulez dire que je ne peux m'en aller si j'en ai envie ? Je ne vous comprends pas, je croyais… je croyais être plus qu'un simple pion pour vous ou que l'un de vos outils. Je…

Ta main bionique, détends-la.

— Vous me faites mal au bras, Jaimie.

— J'ai une impression très étrange, je ne sais comment dire. Enfin, j'ai toujours eu une grande confiance en vous et…

— Il ne s'agit pas de moi, ce sont les autres, mon petit. C'est le comité, ils ne veulent pas vous rendre votre liberté.

J'ai interrompu mentalement mon dialogue en sortant du métro, les premières grosses gouttes tombaient. Machinalement, je me suis mis à courir en direction de l'hôpital, avec la dernière phrase d'Oscar en tête. Essoufflé, j'ai repris ma respiration dans l'espace culturel du hall où j'ai rapidement parcouru quelques photos du dieu Jaguar des Mayas. Les derniers mots d'Oscar résonnaient toujours : « Il ne s'agit pas de moi, ce sont les autres, mon petit. » En apercevant la pendule (j'étais en avance sur mon rendez-vous), je n'ai pas hésité longtemps entre la salle d'attente et l'espace culturel ; les fresques du Tassidy dans les plaines de Naska ne me passionnaient pas franchement. Je me suis dirigé vers les ascenseurs, ai appuyé sur le bouton « 7 ». C'est dans la cabine que je me suis enfin posé « la » question : à l'instar de Jaimie redoutant que la bionique régisse toute sa vie au point d'en perdre son identité, n'avais-je pas également peur de perdre une partie de la mienne avec les électrochocs ? Je me suis alors mis à tout voir au ralenti, avec un tel décalage entre l'image et le son que j'ai fermé les yeux et me suis bouché les oreilles. En les rouvrant, je me suis sérieusement demandé si un de mes tympans n'était pas devenu bionique. Comme avec les publicités, j'ai eu l'impression qu'une personne avait physiquement monté le son. Les graves me sont parvenus plus graves, les aigus plus aigus, à tel point que je n'ai eu d'autre choix que de me plaquer à nouveau les mains sur les oreilles. Peu importe que les gens m'aient dévisagé, à cet instant, en me prenant pour un dingue, dans mon brouillard m'est apparu clairement que seule Jaimie avait été une alliée indéfectible depuis le début. Comment Irina avait-t-elle pu me laisser atomiser le cerveau avec ces électrochocs ? En pleine cogitation, je suis sorti à l'étage du dessous. Les portes se sont refermées le temps que je me retourne. « Ce sont les autres, mon petit, c'est le comité, ils ne veulent pas vous rendre votre liberté. » J'ai alors réalisé combien les aventures de Jaimie et ma vie s'étaient enchaînées jusqu'ici selon les lois de la vraisemblance ; combien ma bonne fée m'avait procuré de pièces à conviction réelles. Je me suis dirigé vers les escaliers au bout du couloir avec la suite du dialogue en tête.

« — De quel comité parlez-vous ? Je n'y comprends rien, ces gens ne peuvent m'obliger à travailler, c'est ridicule.

« — Bien sûr que non, mais ils considèrent qu'une partie de vous est la propriété du gouvernement. C'est pour cela qu'ils acceptent votre retraite. Oh, ils ont un endroit tout préparé pour vous ! Les responsables auront à cœur de vous donner tout ce que vous voudrez.

« — Oui, ils me donneront tout sauf la liberté. Oscar, n'y a-t-il rien que vous ne puissiez faire ? »

C'est là, c'est maintenant. Une porte dans le fond était entrouverte. Attiré par la voix d'Irina, je me suis approché et... j'ai entendu ce que je n'aurais jamais dû entendre. Un éclair a déchiré le ciel au même instant. J'ai tendu l'oreille, ici aussi l'orage grondait. « Arrêtez, avec vos théories fondées sur une modification de sensibilité de Dieu sait quel neuro-médiateur sur Dieu sait quel récepteur ! » Irina était littéralement hors d'elle – « vous n'allez tout de même pas faire des tests d'ampérage ! Ce n'est pas d'une souris qu'il s'agit mais d'un être-humain ! » – et me défendait bec et ongles contre tous les autres membres du staff. « Nom de Dieu, c'est la circonstance la plus sérieuse définissant réellement un accès mélancolique ! » C'est à cet instant précis que tout a basculé, pile au moment où elle a joué sa dernière carte : « Écoutez-moi tous. Pour moi, le risque suicidaire latent non exprimé est réel. » J'ai eu la sensation de prendre un coup de poing dans le ventre. Le souffle coupé, je me suis laissé glisser... dégouliner, le long du mur. Un bourdonnement sourd dans mon oreille bionique a couvert celui du tonnerre. Ces gens statuaient sur moi. Je me suis alors mis à trembler, j'ai cru que j'allais perdre connaissance. Tout le staff était en faveur des électrochocs, à l'exception d'Irina qui, en voulant me défendre, venait de me pulvériser avec son « risque suicidaire réel ». J'étais à deux doigts de vomir, lorsqu'elle a porté l'estocade malgré elle : « Vous parlez technique alors qu'il est question de pulsion de mort détournée ! Écoutez, nous sommes dans une paraphrénie confabulante, c'est on ne peut plus clair lorsqu'il "systémise" avec *Super Jaimie*. Il faut arrêter les électrochocs, il ne les supporte plus ! » J'ai senti un sourire de fou se dessiner sur mes lèvres, le sourire de celui qui sait qu'il va tout perdre.

« — Oui, ils me donneront tout sauf la liberté. Oscar, n'y a-t-il rien que vous ne puissiez faire ?

« — Je ferai tout ce que je pourrai. Ce n'est pas grand-chose, malheureusement, ce n'est plus entre mes mains. Il vaut mieux que je m'en aille, sinon je finirai par vous dire que les gens de l'OSI sont en route pour venir ici et que vous n'avez plus que vingt minutes pour emballer vos affaires, filer, et pour que je vous dise de vous sauver et d'utiliser toutes les techniques que je vous ai enseignées pour échapper à nos recherches. »

Une fois de plus, Jaimie est venue à mon secours ; la réalité n'a pas dépassé la fiction, elle l'a rejointe. J'ai songé à m'enfuir.

— Arrêter les ECT ? Vous plaisantez, docteur Sowa ! Avec déjà plusieurs bouffées délirantes à son actif, il est sur le point de basculer dans une schizophrénie aiguë !

— On ne connaît pas précisément les effets réels, et vous le savez très bien. Les céphalées, les acouphènes, les cauchemars, les nausées, sans parler des pertes de mémoire. La sienne est prodigieuse, je vous assure.

Mais m'enfuir mais pour aller où ?

— Il la recouvrera.

— Nous n'en savons rien. Je vous en prie, messieurs, si nous poursuivons dans cette voie, cela pourrait devenir très grave.

« Vous savez Jaimie, on m'a accusé un jour d'être marié avec l'OSI. Si c'était le cas, vous êtes la plus proche famille que j'aie jamais eue. Je veux que vous sachiez que vous me manquerez terriblement, mais je veux que vous vous en alliez, que vous ayez la liberté de trouver ce que vous cherchez, une fois pour toutes, parce que… je vous aime. »

Moi aussi je t'aime, Jaimie.

« — Oscar… moi aussi je vous aime. Je vous aime tant. Tout ce que je veux, c'est savoir ce qu'il reste de Jaimie. Vous ne m'avez redonné qu'un morceau d'elle. Je peux peut-être retrouver le reste.

« — Il faut vous en aller, dépêchez-vous. »

Merci de me défendre comme ça, Irina.

— Les accidents graves sont très rares, et vous le savez parfaitement, docteur Sowa. Deux décès pour cent mille traitements. Le fait est que nous sommes tous d'accord pour agir rapidement. Quelle autre solution proposez-vous ?

— Une chimiothérapie anxiolytique pour stopper le délire, suivie d'un neuroleptique sédatif au long cours.

Dans une pulsion, j'ai descendu les marches quatre à quatre avant d'enfoncer la porte du hall à grands coups d'épaule ; les vents la maintenaient plaquée. La nuit était tombée d'un coup. Plongé dans l'obscurité, je me suis hasardé à faire quelques pas dans la rue ; une bourrasque m'a propulsé avec une telle violence que j'ai dû m'agripper à un panneau de sens interdit pour ne pas m'envoler. Une nouvelle rafale a fait tournoyer une série de pots de fleurs qui se sont abattus juste à côté de moi comme des obus, des branches ont tourbillonné dans les airs – les électrochocs ont-ils les mêmes effets ? Une trombe plus forte que les autres m'a projeté sur un capot de voiture à plusieurs mètres de là. Un genou à terre, j'ai serré les dents et me suis relevé, le vent m'a aussitôt happé. Les alarmes de voitures hurlaient. Un rideau de pluie s'est alors abattu sur moi, j'ai été instantanément trempé jusqu'aux os. Le bruit était assourdissant. Plus question d'avancer mais uniquement de résister pour ne pas m'envoler. J'ai commencé à tituber, je ne savais plus où j'étais, lorsqu'une bourrasque m'a projeté jusqu'à l'entrée de l'hôpital. En reprenant mes esprits, j'ai remarqué qu'il n'y avait plus personne à l'accueil. Groggy, je me suis dirigé vers les ascenseurs ; j'ai appuyé sur le bouton « 6 ».

16

J'ai dégluti à l'ouverture des portes, le milieu du couloir me semblait inatteignable. Les jambes flageolantes, je me suis dirigé vers la salle de réunion du staff, mais aucun bruit ne filtrait ; j'ai compris que tout le monde était parti. Un effroyable sentiment de solitude m'a envahi. La chambre mitoyenne était entrouverte, j'y suis entré comme un robot. Une forte odeur de Javel régnait. Dans un coin, un vanity-case avait été posé sur une valisette ; la personne à qui ces affaires appartenaient n'était plus là…

Machinalement, je me suis assis au bord du lit. J'ignore combien de temps je suis resté ainsi, les yeux dans le vide. J'ai remarqué une bouteille de Pétrole Hahn qui dépassait du vanity-case ; j'ai eu envie de la secouer pour fabriquer de l'écume bleue des mers du Sud, comme quand j'étais petit. L'étiquette était toujours la même, Pétrole Hahn – lotion fortifiante pour les cheveux. Un sourire nostalgique s'est dessiné sur mon visage. Cette senteur… En dévissant le bouchon, j'ai immédiatement revu mon grand-oncle se masser le cuir chevelu avec cette lotion. Brusquement, je me

suis mis à chialer sans pouvoir m'arrêter. À m'en
fondre les yeux. J'ai pris une grande inspiration et, des
papillons dans le ventre, j'ai bu une première gorgée
en songeant à Marzi. Comme je l'aimais. Quel gâchis
magnifique. J'aurais donné dix ans de ma vie pour
m'occuper d'un orphelinat en Pologne avec elle ; deux
fois, je m'étais enfui, quoi de plus normal qu'elle se
soit rapprochée de Sacha ? Je me suis dit que cette
fois-ci je touchais vraiment le fond. J'ai fouillé dans le
vanity-case, il était plein d'anxiolytiques, de barbituriques ; je me suis remémoré les paroles d'Irina en
secouant le flacon très fort. C'était beau, ce ballet des
cristaux de liquide tueur d'âme... Le cœur débordant,
j'ai avalé une première boîte de comprimés avec encore plusieurs gorgées du même métal, histoire de ne
pas me louper. Mon estomac s'est noué aussi sec ; j'ai
senti un grand froid venir de l'intérieur, je me suis mis
à délirer comme jamais. Qu'est-ce que l'amour ? Trrrr-
rès important ! L'amour, c'est « tu es une inconnue »,
c'est « je t'ai reconnue ». Siou plaît ! Regardez-la qui
descend de sa lune. D'abord légère, sucrée, ma Marzi
au quatre-vingt dixième degrés. Complètement allumé,
j'ai tenté d'imaginer les trois épisodes hors-saison que
je n'ai jamais voulu voir. En vain ; une fois de plus,
Jaimie et Oscar se sont dit adieu à la fin de la troisième saison. Comme une fulgurance au milieu de
cette foutue bafouille, j'ai compris que je ne saurais
jamais dépasser mon enfance. Quelques secondes plus
tard, j'ai tout oublié. Ma température a encore chuté,
je me suis mis à grelotter, et puis j'ai de nouveau songé à Marzi. Je pense toujours à toi, tu sais, tes soupirs
de silence, tes « en pire » de mes sens. Et ta peau. Ô
Marzi... Dieu sait pourquoi j'ai ensuite voulu faire

mes lacets ; j'en étais incapable, tellement mes mains tremblaient. Mes jambes se sont dérobées sous moi. Au contact du carrelage, j'ai senti une douleur fulgurante, comme si la bouteille s'était brisée dans mon ventre. J'ai soudain eu très peur. Pour calmer la panique qui me gagnait, je me suis mis à réciter l'alphabet aéronautique. Où suis-je allé chercher ça ? Alpha, Bravo, Charlie, Delta, Foxtrot, Golf, Hôtel, India, Juliet, Kilo, Lima, Mike, November, Oscar, Papa, Québec, Roméo, Sierra, Tango, Uniform, Victor, Whiskey, X-ray, Yankee, Zulu. Les tripes déchirées – Whiskey, X-ray, Yankee, Zulu –, je me suis demandé quel était le plus beau souvenir de ma vie. « Emmène-moi, Marzi, l'alcool a brûlé – Alpha, Bravo, Charlie, Delta –, j'peux plus bouger – Golf, Hôtel, India –, j'ai beau fumer jusqu'au mégot, j'ai beau avaler au goulot – Juliet –, deux yeux grands ouverts – Kilo –, deux grands yeux sans visage – Lima –, parce que faire un seul geste est plus dur qu'impossible – Mike, November – et que le peu qu'il reste a encerclé la cible – Oscar, Papa…

17

Je… C'était une série des années 1970, j'avais 10 ans et j'aimais Super Jaimie. Pourquoi cette phrase tourne-t-elle en boucle dans ma tête ? J'avais dix ans et j'aimais Super Jaimie. Je m'en souviens bien, quand même. Je suis dans le gaz. J'aurais bien aimé m'appeler Oscar, comme… Oscar Goldman. Je suis sur le point d'être opéré. J'ai peur, bien-sûr, mais il y a autre chose. Autre chose que cette opération qui m'effraye. On vient de m'installer sur un brancard, direction le sas d'anesthésie ; les couloirs, les néons au plafond défilent. Je les ai entendu dire tout à l'heure que j'étais à jeun. Mais depuis quand ? Est-ce d'être à jeun qui me met dans cet état ? Et puis que fait tout ce rassemblement d'internes devant les portes du bloc opératoire ? Ça suffit, il faut que je me détende. « Oxymore », j'ai ce mot en tête également. Oxymore… Clarté obscure dans la salle d'opération, je m'imagine bien sous un grand drap vert, tout à l'heure, avec un masque à oxygène sur le nez et des électrodes sur les tempes. J'entends même le bip du monitoring et le psiiit du respirateur. Dis donc, pourquoi l'infirmier s'est-il arrêté avant d'entrer dans le sas ? Pourquoi tout le cortège d'internes s'est-il tu en même temps, à l'autre bout du couloir ? Allez, il faut vraiment que je me décontracte…

C'est fou ce que tu es présente en ce moment, Jaimie, incroyable comme toutes tes répliques me reviennent en mémoire. Toi aussi tu as été opérée ; le grand Rudy Wells lui-même, l'inventeur de la bionique, était au plus mal. Je me souviens, il y avait beaucoup de monde autour de la table d'opération, des médecins, des infirmières et puis un autre grand professeur qui n'en menait pas large non plus. Combien de fois ai-je appuyé sur la touche play pour revoir cette séquence ?

« — Il faut faire vite, Rudy, je ne peux pas l'anesthésier plus profondément.

« — Non, vous avez raison. Comment sont les signes vitaux ?

« — Bas.

« — Spécifiez !

« — J'ai une tension à huit en forte diminution.

« — C'est pas bon.

« — Ça ralentit encore, la tension est à sept.

« — Il faut faire quelque chose, professeur !

« — Donnez-moi la perforeuse calibrée à quatre millimètres. »

Stop ! J'ai bien vu les messes basses des médecins avant que l'infirmier ne me fasse entrer dans le sas, pourquoi est-il parti précipitamment, d'ailleurs ? Il m'a parqué dans un coin, et hop, même pas un mot.

J'en ai marre d'être ici… C'est long. Combien de temps va-t-on me laisser mijoter seul comme ça ? Bon, revenons à toi, Jaimie, je ne sais pas si… C'est incroyable comme je m'accroche de nouveau à toi. À propos, comment nous sommes-nous retrouvés ? Je ne sais plus quand, un matin à l'aube, j'ai aperçu au fond d'un placard un mug de ta série. Je l'ai observé, le sourire aux lèvres, le temps que la machine à café chauffe. C'était pourtant agréable au départ, et puis... Le fond réapparaît, luisant et noir. Enfermée, une créature sommeille, je peux l'entendre respirer. Elle me regarde avec ses yeux pochés, deux cernes asymétriques fendus de part en part. Allez, plaquer ma muselière dessus. Stop ! Calmez-vous, Oscar. Comment ? Mais pourquoi est-ce que je me vouvoie en m'appelant Oscar maintenant ? Comme un oxymore, voilà comment se sont déroulées mes retrouvailles avec *Super Jaimie*. Ça suffit, il faut vraiment que je me détende, maintenant. C'est étrange, qui était cette créature ? Était-ce moi ? Mais qu'est-ce que je raconte ! Disons que ça me fait du bien de penser à toi, Jaimie, et ce n'est pas du luxe en ce moment, je n'arrive toujours pas à comprendre ce qui me met si mal à l'aise. En dehors de l'opération, je veux dire. Tout de même, quelle chance, ce Steve Austin, avoir Jaimie Sommers comme fiancée. Comment t'es-tu retrouvée sur le billard, déjà ? La bionique ; ton corps a fait un rejet, ton cerveau a été endommagé, et tu es devenue amnésique avant de subir l'opération de la dernière chance... Mais pourquoi ? Oui, je viens de comprendre ce qui me met si mal à l'aise, j'ai l'impression qu'une partie de ma mémoire m'échappe. Je veux dire, excepté des souvenirs en relation de près ou de loin avec *Super Jaimie*, je ne me rappelle rien. C'est fou, je ne saurais même pas dire de quoi on va m'opérer !

Quelqu'un arrive. Jaimie a subi l'opération de la dernière chance. Et moi alors, je vais subir quoi !

18

— Bonjour, bienvenue dans le sas d'anesthésie. Je vais vérifier une dernière fois votre identité, monsieur ?

— Mmm…

— Gabriel Mietek, je regarde sur votre bracelet.

Pourquoi suis-je dans cet état ?

— Je récupère votre dossier, monsieur Mietek. Laissez-vous aller, c'est parfait, vous êtes déjà dans le gaz !

Je n'arrive même plus à articuler un son. Que l'on me dise juste de quoi je vais être opéré.

— Bonjour, monsieur Mietek, je m'appelle Anna Fisher, je suis l'infirmière anesthésiste. Je vais seconder le médecin et m'occuper de vous pour l'installation du monitoring. Le monitoring consiste à surveiller votre cœur, votre tension artérielle et votre respiration. Nous allons vous poser un goutte-à-goutte destiné à faire passer par voix veineuse les différents produits qui vous seront administrés tout au long de l'intervention.

Qu'est-ce que je fabrique ici, bordel ?

— Bien, nous allons nous préparer à l'anesthésie générale. Nous allons commencer par respirer dans un masque ne contenant que de l'oxygène, et je vais vous demander de respirer profondément. Vous respirez en rythme normal, en vidant complètement les poumons. Très bien, vous faites ça très bien.

Ils parlent fort. Comme il fait chaud…

— Ça va pour vous ? Respirez bien, voilà. Le premier médicament que je vais injecter est un antidouleur puissant, il risque de vous faire tourner un peu la tête. Si c'est le cas, fermez les yeux et pensez à quelque chose d'agréable.

C'est drôle, j'ai l'impression d'avoir une oreille bionique. J'entends plein de petits bruits, comme des circuits qui se branchent, des engrenages qui se mettent en marche.

— Pendant toute l'intervention on reste à vos côtés. On s'assure que tout va bien et on vous retrouve au réveil. Respirez profondément. Encore une fois. Très bien.

Ça sent l'éther. Je déteste cette odeur.

— Je vais à présent injecter le médicament dans le goutte-à-goutte qui va vous faire dormir très progressivement. Tout va bien ?

Aïe !

— C'est normal si c'est un peu chaud dans votre bras, si cela pique un peu.

— Respirez bien, monsieur Mietek, tout va bien se passer.

Où suis-je ?

Toujours dans le sas ?

Il fait chaud.

Je n'entends plus rien, je suis peut-être en train de rêver.

Non, je ne dors pas, je me pose bien trop de questions.

Je suis vraiment déboussolé.

Il faut que j'ouvre les yeux une fraction de seconde.

Le sas !

Ça me fait peur, de cogiter comme ça, sans pouvoir bouger le petit doigt, comment me décontracter, dans ces conditions ?

Il y a bien *Super Jaimie*… Problème : je parie que je me souviens de passages entiers d'épisodes beaucoup plus facilement que de ma propre vie. C'est inquiétant, pourquoi ces trous noirs de plusieurs années ?

C'est reparti, là, je ressasse, je tourne à vide. Je ne comprends pas ce qu'ils attendent pour m'opérer, je ne sais toujours pas de quoi, en plus.

Il faudrait que je me laisse aller.

Tu parles…

Peut-être… Hum, laisser venir les choses à moi, puisqu'il est si difficile d'aller à elles – « le calme, le lac sans vagues » –, ne plus filtrer, ne plus contrôler. Disons qu'un tel état serait l'occasion d'en apprendre un peu plus par, comment dire, associations d'idées. Après tout, pourquoi pas ? Si je me souviens de tel ou tel détail, c'est qu'il doit posséder une signification, un sens caché… un accès direct à mon inconscient. Et puis je psychoterai moins sur mon opération. Commençons avec quelque chose de simple, par exemple cette expression, à l'instant : « le calme, le lac sans vagues », je l'ai entendue dans… *Méditation,* bien sûr ! Cet incroyable épisode avec Darwin Jones. Nous sommes tous potentiellement capables d'utiliser sa technique, j'en suis certain. Moi aussi j'aurais adoré pouvoir marcher sur un tapis de braises fumantes, j'aurais emballé toutes les nanas avec un truc comme ça ! Je le revois qui se lève et se met à marcher au ralenti. « Maintenant, le cœur accélère la circulation pour surchauffer les pieds. » Je visualise les monitorings, c'est plus fort que moi, je pense à tout ce matériel qui va m'entourer en salle d'opération tout à l'heure, toutes ces consoles avec tellement de boutons que l'on se croirait dans un avion. Il y en a même une reliée à une poche liquide avec un levier de commande. Stop ! Tiens, je n'ai qu'à me dire que je vais monter à bord d'un Boeing. Le beau voyage… Derrière chaque console, chaque membre de l'équipage saura exactement ce qu'il a à faire après le décollage. Quelques secondes plus tard, le mélange liquide gazeux se teintera en rouge. Stop, j'ai dit ! *Détends ton muscle cardiaque. Tout doucement. Détends. Le calme. Le lac sans vagues.* L'expérience s'achève. Darwin dodeline légèrement de la tête en recouvrant ses esprits, comme s'il avait aperçu Aphrodite. Merci, mon vieux, moi aussi je viens d'avoir un flash à propos d'une apparition ! Oh non, mais comment s'appelle-t-elle ?

Paris. Le Max-Linder, ce cinéma d'époque sur les Grands Boulevards. Nous ne sortons pas encore ensemble, « Elle » et moi, alors pour mettre toutes les chances de mon côté, j'ai décidé de l'inviter voir je ne sais plus quel film, peu importe. Juste avant, je me suis dit *aller au Max-Linder avec « Elle ».* Ni poulailler ni orchestre, la mezzanine en plein milieu du balcon pour qu'elle puisse étaler ses jambes sur la rambarde. J'aimerais tellement qu'elle pose sa tête sur mon épaule. Je ne la visualise toujours pas, je ne sais pas davantage son prénom, mais c'est un début ; la première personne de mon entourage dont je me souvienne, en dehors de Jaimie, je veux dire. Mon impor tance… Je me rappelle parfaitement sa petite voix fraîche à la sortie : « Allô la Terre. »

C'est étrange, se souvenir de sa voix avant tout. Sa douceur…

19

— Mettez-le sur la table d'examen.

Je… Comment ? Pourquoi est-ce-que je viens d'entendre ça ?

— … non, aucun antécédent particulier.

Je commençais à flotter. Je commençais à être bien.

— ASA 1, le minimum sur l'échelle des risques.

L'anesthésiste ?

— …à un sur vingt-mille pour les accidents d'anesthésie générale. Nous lui avons injecté cent cinquante milligrammes de pentothal en intraveineuse.

Je n'ai pas la force d'ouvrir les yeux.

— Je rappelle à tout notre cortège de deuxième année que l'anesthésie générale se développe en trois étapes. L'endormissement, ou induction, est entretenu par intraveineuse…

À qui parle-t-il ?

— …et en quelques secondes, vous entrez dans un sommeil profond.

Quoi, je vais servir de cobaye de la science, en plus ! Allez, il faut que je me détende. Le calme, le lac sans vagues…

— Et c'est au cours de cette transition que l'imaginaire prend le pas sur la réalité. Les perceptions sensorielles se modifient…

— Dix, neuf.

— … si bien que le patient n'est plus tout à fait lui-même.

— Huit.

— Libéré de toute inhibition, il exprime…

— Six.

— … ses vérités cachées…

— Quatre.

— … ses pensées perverses.

Oh !

— Trois.

Un immeuble très chic, très bourgeois, avec du marbre veiné rouge et gris. Une femme vient de quitter le hall.

— … une fois profondément endormi, et uniquement en cas de complication, vous êtes intubé par une sonde… variations de pression… informations… inconscient…

« Elle » et moi en profitons pour entrer main dans la main et grimper jusqu'aux chambres de service. La lumière va s'éteindre. Viens. Viens plus près…

— fréquence… profonde… hypnotique…

J'ai vu jaillir tes seins juste avant la pénombre.

Je suis toujours là ?

Je ne sais pas, je ne sais plus.

Suis-je en train de dormir ? De m'endormir ?

Je…

Il fait froid.

Il faisait tellement chaud, tout à l'heure, maintenant il fait froid comme en salle d'opération.

Je ne comprends pas, c'est long, ici, tout est long.

Où sont-ils tous passés ? Pourquoi est-ce que je ne dors toujours pas ? Je devrais planer, avec l'injection que l'on vient de me faire.

C'est drôle, une image de toi en hôtesse de l'air me revient, Jaimie. Tu portes de longues bottes, une jupe bleu marine et un foulard. L'avion essuie une grosse tempête. Avant un atterrissage catastrophe – *Les Naufragés,* voilà le titre –, une turbulence plus forte que les autres te projette sur les genoux d'un passager plutôt heureux de l'aubaine.

« — Oh, je suis désolée !

« — Pas moi, je vous assure ! Puis-je faire quelque chose pour vous ?

« — Tout à fait, vous pouvez retirer votre main de ma cuisse. »

Je suis fatigué, il faut que je dorme…

— … vu les pics du monitoring.

Quoi ! Mais qu'est-ce que ?…

— Écoutez, le Pentothal est thermostable, le lot a peut-être été mal conditionné.

Non, j'ai dit ! Je n'entends plus rien puisque je suis endormi.

— … et le produit a pu être partiellement détruit par la chaleur. Ne prenons aucun risque, faisons-lui une autre extraveineuse.

Comment ?

— Voilà, c'est fait. Encore cent cinquante milli-grammes de Penthotal.

Mais il y a de quoi assommer un cheval !

— Pression artérielle et fréquence cardiaque faibles.

Stop ! Je dors, bien sûr, c'est un cauchemar.

Ça ne va pas, que se passe-t-il, le relaxant fait moins effet. Non, c'est pas vrai, « Elle » a accepté une invitation au restaurant avec un autre type qui ne comprend pas son bonheur. C'est impossible ! Calme-toi. *Le lac sans vagues, détends tes artères. Tes artères se déten-*

dent. Il faut absolument que je me calme, mais je l'imagine en train de minauder, et ça me rend dingue ! C'était un soir atroce, j'étais parti me saouler dans un bar. « Elle » était avec cet autre, et j'allais devenir fou parce que c'est moi qui les ai présentés. Attends, il me manque tout un pan de l'histoire. Je crois que beaucoup de choses se sont passées avant que tu ne te décides à accepter ce rendez-vous, tu es tout sauf un objet. Mais pourquoi est-ce que je ne me rappelle rien, bordel ? Comment en suis-je arrivé là ? Je sens que tout est ma faute, c'est insensé ! Donc, tu es avec un autre et lui souris. Il t'a invitée, probablement dans un restaurant à bougies, et te propose un verre de brouilly. Tu lui avoues qu'il est excellent, que tu as une faim de louve... je le vois bien tomber amoureux en te susurrant, les yeux dans les yeux, que tu es belle. Tu marques un temps, boit une gorgée et savoure enfin, parce que la vie est ainsi faite. Il enchaîne en te frôlant la cuisse, pendant que le serveur que vous n'avez même pas remarqué vous apporte une autre bouteille de brouilly !

— ... de voix veineuse. La perfusion n'était pas bien en place, le produit est passé à côté.

Au dessert, il te caresse la main.

— ... et nous devons le repiquer.

Le moment fatidique approche.

— Il a reçu deux fois la dose théorique, trois cent milligrammes en extraveineuse.

Dis, te souviens-tu de nos regards ?

— Vu le délai de résorption, une partie doit déjà être en circulation. Vous m'entendez, monsieur Mietek ? Monsieur Mietek, vous m'entendez ?

Ta main qui effleure sa joue.

— Madame Fisher ?

— État stuporeux. Pression artérielle et fréquence cardiaque élevées.

Vous marchez bras-dessus, bras dessous, en sortant de cette horreur de restaurant !

— Cette fois on va faire moins que la dose maximale. Je vais lui injecter cent milligrammes de Pentothal et cinquante de myorelaxant, ça devrait l'apaiser, compte tenu de ses réactions.

Ça va bientôt commencer, votre rodéo.

— Myorelaxant, cinquante milligrammes.

Hein ! Mais que se passe-t-il, encore !

— Madame Fisher ?

— Oui, professeur, excusez-moi. Je me disais qu'il avait l'air… Non, rien, excusez-moi.

Ils viennent de m'injecter je ne sais pas quoi, ça me fait un mal de chien. Je ne peux rien dire, rien faire, pas même remuer le petit doigt. Pourquoi est-ce que je résiste encore ?

J'ai… j'ai l'impression d'avoir un combustible enflammé dans le corps.

Allez, calme-toi, dans « myorelaxant », il y a « relaxant ».

Le calme, le lac sans vagues.

C'est l'angoisse !

Détends-toi, j'ai dit !

Tu parles, d'un côté le type du restaurant, de l'autre l'anesthésiste. Comment faire en attendant que la perfusion agisse ? Aide-moi, Jaimie.

« — Le catch féminin, Oscar, êtes-vous sérieux ?

« — …

« — Oui, vous l'êtes. »

Catcheuse ! *Faibles femmes,* d'accord ! Ton expression en découvrant Marie la folle, Amazone Avril et la Spirale cruelle. Tu portes un mini-chemisier vert noué au-dessus du nombril, un jean patte d'éph et des Stan Smith, et... tu dois t'infiltrer à tout prix dans le milieu ; un entraînement a justement lieu. Ambiance Rocky, Amazone Avril et Marie la folle sont au contact. Avril pèse un quintal, elle porte un collant noir moulant et une culotte panthère à lanières.

« Je t'ai dit de couiner, répète l'entraîneur, blasé. Tu clamses, tu ne fais pas une pizza ! »

Ni une ni deux, te voici face à la Spirale cruelle sur le ring.

« Fais là monter et appelle une ambulance, je vais la renvoyer chez elle. »

Elle n'aurait pas dû chuchoter ça à l'entraîneur.

« Haa ! Je vais te faire avaler ton bulletin de naissance. Allez, viens, petit haricot du Kenya, approche ! »

Ton bras bionique, fais-la plier d'une seule main ! J'adore la stupéfaction de l'entraîneur.

Je ne sais pas qui de toi ou du myorelaxant me fait le plus d'effet, mais je me sens mieux, pour le coup. Peu importe si c'est chimique, mes pensées ne s'entrechoquent plus et sont fluides, je ressens pleinement les choses, positivement. J'ai envie de tout comprendre, voilà, ça passe ou ça casse ! Bien. Alors, cet épisode sur le catch, que cherches-tu à me dire, Jaimie ?

Combat. Combativité... Je me suis battu moi-même, oui, je me suis déjà servi d'une de ces prises pour... démissionner. Je me suis battu au sens figuré également, j'ai engagé un... une... Irina !

Une chose me gêne : pourquoi me rappeler le prénom de ma psy et pas le sien. C'est fou, ma mémoire est compartimentée comme celle d'un ordinateur. Fragmentée. Oui, voilà, imaginons que mon cerveau soit un ordinateur avec des barrettes de mémoire vive ; si j'ai la bonne barrette, tout me revient dans les moindres détails. Le problème est que je n'ai aucun contrôle sur elles.

Irina... La première fois qu'elle est apparue dans la salle d'attente, je me suis dit, comment dire, Wahou ! Elle m'a fait entrer dans son cabinet – c'était tout petit –, un bureau avec une chaise pour les face-à-face, et le fameux divan, bien entendu.

Je me souviens, un jour nous avons fait un pas de géant, c'est à peine si j'ai pu soutenir son regard.

« — L'éloignement volontaire, voilà ce qui fait écho chez vous.

« — Ce que vous venez de me révéler doit être important, puisque je n'ai pas saisi. C'est-à-dire ?

« — C'est à dire que votre père s'est éloigné volontairement de votre mère, que vous vous êtes éloigné volontairement d'Elle, et que Steve s'est éloigné volontairement de Jaimie.

« — Oh !

« — Pour la quitter avant d'être quitté, si vous préférez.

« — ...

« — Afin que ni vous ni Elle ne souffriez trop. »

C'est fou, pourquoi ai-je fait le contraire de ce que j'ai ressenti ? Pourquoi me suis-je enfui ? Pourquoi t'ai-je fait souffrir ?

Ô mon amour, Ô... Marzi !

21

L'effet du myorelaxant diminue, maudite chimie. « Je ne suis pas Liza, je m'appelle Jaimie. Je suis Jaimie Sommers. » Que se passe-t-il, encore ? D'où vient cette phrase qui se met à tourner en boucle ?

Je n'en peux plus, il faut absolument que je dorme, l'opération va bientôt commencer, je ne vais tout de même pas y assister !

C'est terrible, j'ai l'impression qu'une moitié de moi veut absolument rester éveillée pour comprendre. Je connais toutes tes aventures par cœur, que cherches-tu à me dire, Jaimie ? J'ai besoin de le savoir une bonne fois pour toutes, je t'en prie, je suis épuisé.

Où suis-je ?

Est-ce-que... est-ce-que je viens de perdre de nouveau connaissance ?

Longtemps ?

C'est fou comme je perds la notion du temps.

Je... je me sens un peu moins mal, dis donc, je me demande s'ils ne m'en n'ont pas remis une petite dose.

« Je ne suis pas Liza, je m'appelle Jaimie. Je suis Jaimie Sommers. »

Oui. Alors, cette phrase, que cherches-tu à me dire, Jaimie ?

Liza… *Double identité*. Il y avait aussi le docteur… Courtney. Très manipulateur, on lui aurait donné le Bon Dieu sans confession. Il lui avait ordonné de prendre une sorte de médicament qui la rendait malade. Qu'est-ce que c'était, déjà ?

De l'adrénalisine ! Voilà ce qui donnait sa force à Liza, mais avec de terribles effets secondaires. Donc, ton message : me méfier des effets secondaires des médicaments ? Des docteurs ? Non pas d'Irina, tout de même ! D'un côté, elle m'a été d'un grand secours pour Marzi, d'un autre… N'y aurait-t-il pas un rapport entre ses prescriptions et mes barrettes de mémoire manquantes ?

« Ne faites pas non de la tête, Gabriel, laissez-moi vous expliquer. Je vous préviens, vous n'allez pas aimer. »

Qu'est-ce que…

« — Vous avez vécu une attaque de panique à la place de Jaimie.

« — C'est impossible. Je connais pratiquement par cœur toutes ses aventures, je me suis peut-être un peu mélangé les pinceaux ? »

Allez !

« — Est-ce dans ce fameux épisode qu'il est question de l'adrénalisine ?

« — Encore l'adrénalisine ! Écoutez-moi bien, Irina, cette molécule n'existe pas, il s'agit d'une fiction. Où voulez-vous en venir, à la fin ? »

Cette fois, j'y suis.

« — Vous rappelez-vous de notre dernière séance à propos des médicaments ?

« — Eh bien, je vous ai indiqué que ma mère avait pris beaucoup d'antidépresseurs dans sa jeunesse.

« — Et j'ai insisté en affirmant que ce n'était pas du tout les mêmes que ceux que je vous avais prescrits et qu'il y avait eu de nombreux progrès dans ce domaine, depuis. »

Mon Dieu, il n'a jamais été question pour moi de prendre un seul de ces comprimés.

« Écoutez, nous sommes dans une paraphrénie confabulante, c'est on ne peut plus clair lorsqu'il systémise avec *Super Jaimie.* »

Paraphrénie confabulante… Je suis malade. Ma mémoire, mon incroyable mémoire ne me sert qu'à perfectionner mon délire. Le pire est qu'une partie de moi en a eu conscience et s'est jouée de l'autre. Maudite mémoire.

Est-ce qu'elle portait des Dim up ?

Oh non, pourquoi est-ce que je viens de me poser cette question ?

22

Que se passe-t-il ? Tout se mélange dans ma tête, tout se bouscule. J'ai peut-être fait une connerie avec Irina, alors on m'a retourné le cerveau avec des électrochocs.

— Madame Fisher…

« Des troubles de mémoire et d'orientation sont incontestables, mais ils diminuent rapidement. »

— Monitoring, s'il vous plaît.

Des troubles de mémoire…

— Je ne comprends pas, professeur.

« On délivre un courant électrique sur le scalp. Le but visé est la crise d'épilepsie de type grand mal. » C'est la barrette mémoire d'Irina !

— Les courbes ont beaucoup d'amplitude.

« La période de convulsion dure une vingtaine de secondes. Vous ne garderez en principe aucun souvenir de l'épisode. »

— Madame Fisher ?

Il faut absolument que je me souvienne : s'est-il passé quelque chose pendant les électrochocs ?

— Excusez-moi, professeur…

Je visualise un couloir. J'étais entouré de deux infirmiers habillés tout en blanc...

— Oui, excusez-moi, on dirait qu'il se calme.

... avec une cravate noire et un nœud papillon. Ils m'ont emmené dans une petite chambre dans laquelle plusieurs personnes m'attendaient. Deux cravatés, deux nœuds papillon, une charlotte et une blouse blanche. La blouse blanche... c'était un professeur. Ils m'ont demandé gentiment de m'asseoir sur une table. Je... j'avais les mains attachées. Les cravates ont défait mes lacets et m'ont demandé de m'allonger. Je mastiquais fort mon chewing-gum. Ce sont les nœuds papillon qui m'ont plaqué au niveau des épaules. L'un d'eux m'a dit que ce ne serait ni douloureux ni long, pendant que l'infirmière en charlotte me badigeonnait un liquide sur les tempes avec une spatule en bois. Je lui ai demandé de quoi il s'agissait, elle m'a répondu « du conducteur », en m'ordonnant d'ouvrir la bouche pour y introduire un mors en caoutchouc.

— Ça empêche de se mordre la langue, mordez dedans.

— Êtes-vous prête ?

— C'est ça, mordez bien. Les mâchoires peuvent se serrer fortement.

On m'a placé un casque métallique sur la tête.

— Prête, madame Fisher ? a demandé le professeur à l'infirmière, le doigt sur l'interrupteur.

Elle a hoché la tête. Je me suis mis à chantonner de peur, le mors entre les dents.

— Je suis prête.

— Bien, allons-y.

J'ai fermé les yeux le plus fort possible. Cela a été intenable comme souffrance. Inimaginable.

— Madame Fisher, que se passe-t-il avec le monitoring ?

Ils n'étaient pas trop de six pour me retenir, tant j'étais parcourus de convulsions. L'infirmière m'a attrapé par le crâne et le menton.

— Il y a un problème, professeur.

— Myorelaxant, cinquante milligrammes, vite !

J'ai commencé à étouffer !

— Une seconde, je ne suis pas sûr.

Au secours, je manque d'air, j'ai… j'ai du mal à respirer !

— On arrête tout, je vais l'intuber.

23

Il fait chaud. Où suis-je ?

J'ai dû perdre à nouveau connaissance.

Je ne peux toujours pas bouger, mais…

Oui, je suis encore conscient.

Il faut leur dire que je suis conscient, mais comment ?

J'ai eu peur, tout à l'heure.

J'ai eu la trouille.

Dis donc, je suis tellement dans les vapes que je n'entends plus rien.

Je n'ai même plus la force d'ouvrir les yeux.

Mais si je n'entends plus rien…

Mais alors ?

Vu le froid qui régnait en salle d'opération et vu la chaleur de maintenant.

Serais-je en salle de réveil ?

Non, il n'y a aucun bruit, excepté…

Le bip du monitoring, je viens de l'entendre !

Ce qui signifie…

Bien sûr, tout simplement ! L'opération est terminée, et je suis dans ma chambre !

Quelle autre explication, c'est d'une logique impla-
cable !

Merci mon Dieu, merci !

Je réalise, je commence seulement à réaliser.

Je suis vraiment passé près de la catastrophe.

Reste juste à savoir de quoi j'ai été opéré.

J'ai encore replongé.

Combien de temps ?

Combien de temps s'est-t-il écoulé depuis
l'opération ?

Cinq minutes ?

Cinq heures ?

« L'application du courant est précédée d'une anesthésie générale d'environ cinq minutes. »

Je… J'en étais là avant mon intervention, je ne sais
plus comment, mais j'en étais là.

Oui, Irina, les électrochocs.

Cette fois, j'ai tout le temps d'y réfléchir.

Je… Je me demandais quelle était l'origine de mes
pertes de mémoire, de mes absences de barrettes.

J'ai d'abord mis ça sur le compte de la mélancolie
et des antidépresseurs et puis : « Voulez-vous savoir
de façon concrète comment se déroule une anesthésie
d'électrochoc ? »

Dis-donc, et si je venais tout simplement de subir
une ECT ?

« — Eh bien avant chaque séance, un curare
d'action rapide vous est administré pour éviter des
contractions musculaires.

« — Des contractions musculaires ou bien des
risques de luxation et de fracture ? »

Quelle saloperie.

« Vous êtes incroyable, vous avez encore mémorisé la définition, n'est-ce-pas ? Gabriel, ce n'est plus *Vol au-dessus d'un nid de coucou,* je vous assure. »

Voilà, c'est là-dessus que j'ai dû psychoter, tout à l'heure.

« On protège les dents du patient avec des compresses. »

J'ai tout mélangé, nous ne sommes plus en 1970. Et puis je sais ce que je dis, il s'agissait bien d'une anesthésie préopératoire.

Il faut que je fouille encore dans ma mémoire.

Mon Dieu, je suis vraiment fatigué.

Je…

Pas de panique, je suis dans ma chambre.

L'opération a eu lieu, je n'ai simplement pas la force d'ouvrir les yeux.

Ça ne devrait plus tarder.

Oh, et puis j'en ai marre de tout ça, tiens !

De quoi ai-je été opéré ?

Il faut absolument que je sache, à présent.

Que s'est-il passé pendant l'intervention ?

Je suis dans ma chambre, d'accord, mais pourquoi ne puis-je remuer, ne serait-ce que le petit doigt ?

Combien de temps vient-t-il encore de s'écouler depuis l'opération ?

C'est pas vrai, je recommence à avoir peur.

Il faut que je mette mon cerveau sur *on.* Quelle image me vient à l'esprit ?

Allez !

On dirait une… pierre mégalithique – où suis-je encore allé chercher ça ? – avec des hiéroglyphes d'extraterrestres, comme sur les fresques du Tassidy, dans le Hoggar.

Qu'est-ce que je raconte, n'importe quoi !

Doucement, pas de panique.

Pas de panique, fais travailler ta cervelle. J'ai certainement vu ces dessins quelque part, mais où ? Quand ?

Une tempête était sur le point d'éclater.

J'étais dans un hall d'hôpital… une expo ?

« — Salut, Rudy.

« — Bonjour, Darwin.

« — Eh bien, l'appareil de torture est déjà préparé ?

« — Affirmatif. Toutes les parois du caisson ont été vérifiées, nous pouvons vous immerger en moins d'une minute.

« — J'entame ma concentration.

« — Faites-nous signe au moindre problème, et nous interviendrons en quelques secondes pour vous repêcher, d'accord ?

« — Entendu. À bientôt. »

« Nous sommes dans une paraphrénie confabulante. Le calme. Concentre-toi. C'est on ne peut plus clair lorsqu'il systémise avec *Super Jaimie*. Maintenant, réduis tes besoins en oxygène, contracte ton grand dentelé. »

« C'est parti, soulevez-le. Veillez à ce qu'il reste bien équilibré. »

« Nous sommes dans une paraphrénie confabulante, c'est on ne peut plus clair lorsqu'il systémise avec *Super Jaimie*. »

« Rudy, Darwin paraît nerveux ».

— …et le Pentothal provoquant à court terme une amnésie est également connu pour induire des rêves débordant l'inconscient.

Je n'en n'avais pas assez, des amnésies à cause de la mélancolie, des anxiolytiques et des électrochocs…

— À présent, nous allons faire le temps le plus important de cette check-list. Tout le monde est présent dans la salle pour le time-out, y compris les externes et les deuxième année ?

— Oui.

— Bon, c'est bien M. Gabriel Mietek que l'on opère ?

— Oui.

— Il s'agit bien du côté gauche ?

— Oui.

J'ai froid, je ne comprends pas. Où suis-je ?

— O.K. Le matériel est là ?

— Le matériel est là et vérifié.

— L'installation est bonne. L'antibioprophylaxie a été faite ?

Mais que se passe-t-il ? Qu'est-ce qu'ils racontent !

— Oui.

— Parfait.

Je vais devenir fou.

— Il n'est pas sous anticoagulant, il n'y a pas de problème hypertenseur ?

— Non.

— Tout le monde est prêt, on peut inciser ?

Comment ça, inciser, l'opération n'a pas encore eu lieu !

— Alors, on va y aller. Le patient a rencontré un problème anesthésique : nous lui avons injecté deux

171

fois la dose maximale plus un calmant, mais tout semble rentrer dans l'ordre, et nous devons l'opérer sur-le-champ.

Non !

— Écoutez-moi bien, il s'agit d'une tentative de suicide par absorption de cocktail lytique. Le patient s'est coupé en profondeur tout le flanc gauche en tombant, un flacon en verre à la main, et de minuscules résidus restés logés dans l'estomac doivent impérativement être extraits, sous peine de lésions irréversibles.

Je vais – non, c'est impossible – être opéré !

— La fréquence cardiaque est stable. Vous me direz, vu la dose de myorelaxant...

Non ! Il faut absolument qu'ils sachent que je suis conscient. Attendez ! Ah !

— Oui, madame Fisher ?

— Professeur, on dirait qu'il vient de bouger un orteil.

— C'est un réflexe.

Oh non, pitié !

— Pince.

Non, pas ça !

— Madame Fisher, pince s'il vous plaît.

Mon Dieu, mais qu'est-ce que j'ai fait !

— Le crépitement rapide et rythmé que vous entendez est celui du bistouri taillant la peau en coagulant les petits vaisseaux.

Non !

— Couper... profond...

Au secours, mais pourquoi personne ne m'entend !

— Tirer...

Mon Dieu, pitié !

— Plus fort...

Suis-je mort ?

En enfer ?

On a coupé à travers moi.

— Combien de compresses pouvez-vous faire ?

Je…

— J'ai sept compresses.

— C'est bon. Et les tétras ?

— J'en ai huit.

— Vous devriez en avoir neuf.

Je vous en supplie.

— Le compte est bon, j'ai neuf pièces de moteur.

Je ne comprends rien, vous êtes à dix centimètres, bande de salauds, vous me touchez pratiquement et vous ne voyez rien, vous n'entendez rien !

— Madame Fisher, peut-on mettre le malade sous anti-inflammatoires ?

— Oui monsieur, on peut.

— D'accord. Vous avez les antibiotiques selon le protocole ?

— Oui.

— Merci. Le patient saigne beaucoup, il faut faire

vite. Compresse.

Oh non !

— Scalpel.

C'est pas possible, je ne vais pas y passer sous vos yeux, comme ça, espèce de salauds !

— Madame Fisher, scalpel, s'il vous plaît.

26

« — Rudy, Darwin paraît nerveux.

« — Soyez prêt à intervenir. »

Je suis fait comme un rat.

— Scalpel.

Rejette les pensées extérieures, tu dois garder le contrôle.
Abaisse tes besoins en oxygène. Il faut que j'arrête de respirer pour les alerter, c'est la seule solution !

« — Rudy, il y a un soucis.

« — Il se noie ! »

Je ne tiens plus.

« Dépêchez-vous de le remonter ! »

— L'oxygène, vite ! Je vais le ventiler, passez-moi
le masque facial.

Vous ne comprenez pas, il faut… arrêter…
l'opération…

— C'est bon, c'est reparti. Essuyez-moi le front,
s'il vous plaît. Continuez, mais allez-y doucement.

— Oui, professeur.

— À présent, le respirateur va prendre le relais.

Non !

— O.K., on le remet sous assistance respiratoire.

Nous venons à peine de commencer, il faut se dépêcher.

Putain, je vais rester à l'agonie pendant qu'on m'éventre !

— Scalpel.

Cette fois, je ne m'en sortirai pas.

— Attendez, je crois qu'il fait une réaction allergique ou alors…

Mon Dieu, je vais y passer.

— C'est pas vrai, il fait une sensibilisation anesthésique !

— Il est conscient professeur, je le savais !

Au secours…

— Que fait-on, au niveau de l'anesthésie, davantage de Penthotal ?

— Je ne sais pas. Le cœur ne tiendra pas.

Marzi…

« — Il faut faire vite, Rudy, je ne peux pas l'anesthésier plus profondément.

« — Non, vous avez raison. Comment sont les signes vitaux ?

« — Bas.

« — Spécifiez !

« — J'ai une tension à huit en forte diminution.

« — C'est pas bon.

« — Ça ralentit encore, la tension est à sept.

« — Il faut faire quelque chose, professeur !

« — Donnez-moi la perforeuse calibrée à quatre millimètres. »

Le calme. Le lac sans vagues…

— Monsieur Mietek, m'entendez-vous ?

Laisse tes nerfs se détendre. « Le cœur ne tiendra pas. » *Rejette tes pensées extérieures.* « Le cœur ne tiendra pas. »

Rejette.

— Professeur, nous sommes en train de le perdre.

— Gardez votre calme, madame Fisher.

Anesthésie tes muscles intercostaux. Je ne peux pas. Si, tu peux, pense à Marzi. Je ne peux pas. Pense à Marzi, je te dis. Augmente ton taux d'adrénaline.

— Donnez-lui deux centimètres cubes d'adrénaline.

— Combien depuis le début ?

— Trois culots, j'ai encore quatre poches en réserve.

— Réduisez la tension de l'électro-anesthésique.

— Professeur, il nous échappe.

Ton cœur va s'arrêter...

— Le cœur s'affaiblit, seulement deux respirations à la minute.

Dilate ta carotide. Je ne peux pas. Accumule les réserves dans le cerveau, bloque les autres artères. Je ne peux plus. Retiens ta respiration, anesthésie tes nerfs optiques.

— Professeur, les pulsations diminuent encore, je n'ai plus de tension.

Au sec...

— Il fait une hémorragie cérébrale.

— Aucune réaction à l'adrénaline. Je ne sens plus les pulsations.

— Allez !

— J'ai une tension à six, et la capno baisse.

— Respirez !

— Ça ralentit encore, la tension est à quatre.

— ...

C'est pas bon, j'arrive plus à suivre.

— Il faut faire quelque chose, professeur !

— J'injecte un vasoconstricteur.

— La tension sur l'électro ?

— Nulle.

— Putain…

— Il est en mydriase bilatérale, c'est foutu.

— Oh non, professeur…

Seigneur Dieu tout-puissant.

27

Chacun sa vérité. On en vit, de ses rêves. On en crève aussi, mais je sais qu'on les emporte avec nous. C'était une ville de cristal et de lumière à la surface de la terre. Y avait-il des ombres ? Était-ce la zone frontière ? Il était allongé. Il y avait du monde autour de lui. Il se sentait flotter. Léger. Une énorme énergie autour de lui. Au plafond des nuages, des fragrances. Il était là, en pleine lumière. Au bord d'un lac sans vagues ? Dans un espace totalement étrange, dépassé des nuages. Recul suprême. Proximité extrême. En état d'apesanteur. Allongé. Il y avait du monde autour de lui. Il se sentait flotter. Avec un sentiment de calme et de bien-être inimaginable.

Non, ne me regardez pas comme ça. Derrière vous, retournez-vous ! La montagne aplatie. Toutes ces collines à perte de vue... J'ai vécu ça. Quitté la civilisation, dormi au milieu de nulle part. Et nous marcherons sans nous questionner, remplis de cet espace, de ces paysages jamais vus aux reliefs arrondis, assis en tailleur autour d'une théière, toi et moi, mon amour, au petit matin, comme une invitation au silence, nous serons nous, enfin. Le cerveau est le plus grand menteur de tous les temps, il avait dit pas peur. Les regards se croisent mais personne n'ose parler. Il avait dit pas peur. C'est moi que je vois. Moi vu d'en haut.

Son corps s'élevait au ralenti. En suspension. Il y avait plein de monde autour de lui. Des professeurs, des infirmières, des médecins, des internes.

Ce regard désespéré que vient de lancer le professeur au-dessus de son masque. Je vous vois tous, vous savez. Zoom avant. Incroyable, je me déplace quasiment à la vitesse de la lumière. Zoom arrière. C'était une ville de cristaux de lumière. J'ai marché longtemps, je me suis senti libre pour la première fois depuis longtemps. Être libre, c'est se sentir étrangement bien. Après cette ville, il y avait un tunnel. Rempli de rien. D'épouvantablement rien. Aspiré par du vide. Fermer les yeux. Glisser avec ce sentiment de calme et de bien- être inimagi…

— Myorelaxant, cinquante milligrammes, vite !

— J'ai une tension à six et la capno baisse.

— Respirez !

— Ça ralentit encore, la tension est à quatre. »

Le calme…

— La tension sur l'électro ?

— Nulle.

— Bordel ! »

Le lac sans vagues…

Ils viennent de m'injecter je ne sais pas quoi, ça me fait un mal de chien. Je ne peux rien dire, rien faire, même pas remuer le petit doigt.

« — Qu'est-ce que c'est, docteur Courtney ?

« — L'origine de la force de Jaimie, ma chère Liza, de l'adrénalisine. »

« Elle » est avec un autre et lui sourit.

« Ça va bientôt commencer, votre rodéo. »

Donc, « Elle » est avec un autre et rit avec lui. Il l'a

invitée, probablement dans un restaurant à bougies, lui propose un verre de brouilly. Elle lui avoue qu'il est excellent, qu'elle a une faim de louve.

Tu sais ce que j'aime aussi chez toi, Jaimie ? Ta sensibilité, ton affect qui bien souvent prend le pas sur ta bionique.

Je suis sur le point d'être opéré. J'ai peur, bien sûr, mais il y a autre chose. Autre chose que cette opération qui m'effraie.

Ô mon amour, Ô… Marzi !

Parce que faire un seul geste est plus dur qu'impossible – Mike, November – et que le peu qu'il reste a encerclé la cible – Oscar, Papa.

« Palettes en place », a dit l'infirmière.

Je suis reparti pour un tour de cadran de sommeil artificiel ; Marzi est réapparue goutte à goutte.

Irina a décroisé ses jambes en m'effleurant une nouvelle fois au passage. J'ai imaginé, les dents serrées, le crissement soyeux de ses cuisses en Dim up.

Moins de deux mètres nous séparaient. Vers toi je me suis avancé, les bras tendus.

Je n'ai rien su te dire, pas un mot. Qu'as-tu été sur le point de me dire ?

Un Jef a fini par apparaître au loin, immense, avec une grande barbe.

« — Je vais vous faire une révélation, mais auparavant, je vous préviens que vous n'allez pas aimer.

« — Au point où j'en suis.

« — Je pense que vous avez vécu une attaque de panique à la place de Jaimie.

« — … Je me souviens, je regardais ses aventures le dimanche après-midi, chez mon grand-oncle, sur une des premières télés en couleur. Dire que j'avais la vie devant moi. C'était il y a si longtemps. C'était une autre vie avec des autres gens.

« — … L'éloignement volontaire, voilà ce qui fait écho, chez vous.

« — Mon Dieu, vous êtes en train de me dire qu'il ne tient qu'à moi de me donner le feu vert pour reconquérir Marzi, je n'ose même pas en rêver… Les collants Dim de toutes les couleurs de mes baby-sitters. "Papapapa-papa".

« — Su-père Jaimie …Restez concentré. Je répète, consciemment, vous ne savez pas comment une autre partie de vous fait pour savoir qu'elle sait.

« — Oui, je le pressens… En quelque sorte, Super Jaimie pourrait me venir en aide, c'est bien ça ? »

Lorsqu'Irina est apparue en salle d'attente, j'ai été saisi, « transféré » d'entrée de jeu.

Dire que mon premier baiser avec Marzi avait eu lieu ici. C'était il y a cent ans.

Deuxième gorgée, les yeux toujours fermés. Dis donc, pourquoi suis-je irrésistiblement tenté d'observer le fond ? Calmez-vous, Oscar. Comment ? Mais pourquoi est-ce que je me vouvoie en m'appelant Oscar ?

Premier étage. Tout petit déjà, je n'arrivais pas à me représenter que l'infini était infini. Comment l'espace peut-il ne pas avoir de fin ? C'est impossible, pas de fin.

Je te préviens que si Sacha et toi avez… Oh, si jamais ! Arrête ! Malade. Cerveau malade.

Peux-tu me répéter ce que tu viens me de dire ?

Regarde bien, mon petit père qui n'est pas mon père, ça c'est un double Nelson.

En m'attardant une dernière fois sur le palier, j'ai

contemplé la lucarne au fond du couloir, avec le tabouret vert en Formica pour accéder au toit.

Encore un bon samedi soir…

Il avait dû en écumer, des samedis soir, au bar. J'ai « rictussé » à mon tour, en levant ma bière à la santé de rien ni personne.

Machine numéro vingt, programme numéro sept. Son lapin en peluche, son lapin cosmonaute, par le hublot s'élève dans les airs – sous les eaux –, tourbillonnant – il y a plein d'images –, des soleils noir – les bras ouverts –, les pupilles agrandies en position fœtale, derrière la porte de sa lessiveuse, centrifugeuse, broyeuse.

Ça fait mal de comprendre les paroles d'une chanson.

L'horreur de les imaginer complice. L'horreur de les entendre rire dans le couloir.

Il y avait d'autres hommes sur terre, et la douceur de ta main dans la mienne est devenue la douleur de ta main dans la mienne.

Dans notre cosmo-panier, des sardines volantes, du thé Doux rêves, de l'huile de massage, du champagne rosé.

Bam Bam, il y avait du grave, là-dedans, de la peau qui frappe de la peau, Bam Bam, une seconde, Bam Bam, cette seconde, Bam Bam… Juste… le bout… de ta langue…

Verser le thé à un mètre de hauteur, observer le jet s'agrandir et rétrécir.

Et s'agrandir…

Sacha, voici Marzi, ma voisine de palier. Marzi, je te présente Sacha, mon binôme.

Oui, « nous » travaillons en binôme, le mien

s'appelle Sacha. Je ne te le présenterai jamais, c'est un apollon.

Euh, on court ?

Rapidement avant que le ciel nous tombe sur la tête ! a-t-elle répondu en me saisissant la main.

Je le savais, je le sentais, qu'elle aimait aussi rêver un peu comme ça, marcher au hasard, prendre le temps.

Faire une reconnaissance des lieux et savourer, flâner sur les Grands Boulevards en arpentant le passage des Panoramas.

— Marzi, veux-tu aller avec moi demain voir *Manhattan* au Grand Rex ?

— *Tak*.

Ni poulailler, ni orchestre : la mezzanine en plein milieu du balcon pour qu'elle puisse étaler ses jambes sur la rambarde et que je me sente près d'elle.

Je l'ai précédée dans le couloir qui menait à la petite fenêtre. Il y avait ce tabouret vert en Formica, au fond, sous la mansarde.

Tu me demandes déjà ma main ?

Le tic-tac de la minuterie s'est arrêté à l'instant précis où Marzi m'a répondu « *tak* ». J'ai entendu Tic-Tak.

Bonjour. Vous êtes… la nouvelle… voisine ? (Ma parole, elle ressemble à Lindsay Wagner !)

Elle m'a tendu la main ; je l'ai éclaboussée avec ma cafetière.

C'était une série des années 1970, j'avais 10 ans et j'aimais *Super Jaimie*.

Remonter encore le temps. C'est parti pour deux heures de marche-au-pas. Un-deux ! Un-deux ! Vivement la piaule, je n'en peux plus de tourner en rond avec ce bataillon de troufions. Demi-tour gauche ! C'est pas vrai, qu'est-ce que j'ai encore fait ? Pourquoi est-ce qu'il m'engueule encore, ce taré ? Demi-tour gauche n'existe pas ! Tu vas tiquer, bitooos ! Une demi-heure de chiottes… au Glasseeeex !

Encore. C'était bien un tunnel. Comment ça, des gens apparaissent sur les bas-côtés ? Je… Merci. C'est impossible puisque… Le carnet de bal de mes grands-parents, mon grand-père y avait inscrit son nom à toutes les danses. Il va bientôt faire sa connaissance. Au bout de ce tunnel était une lumière blanche dorée, impossible à décrire. Puissante et douce. Un rayonnement d'amour. Avance rapide. Il y a encore une limite, une haie. Un brouillard très épais. Retour rapide. Qui étaient tous ces gens ? Irina, un jour vous m'avez dit « je suis là, qui veille », et cela m'a rassuré. Un enfant blessé peut-il devenir un adulte heureux ? Quel dommage, j'étais sur le point de comprendre enfin.

Devine quoi, Jaimie, je me souviens des trois épisodes hors saison que je n'ai jamais vus. C'est une belle fin. Oscar vient de mettre Steve en garde avant qu'il n'entre dans ta chambre.

« Je suis là, à présent, Jaimie. »

Pourquoi ne t'a-t-il rien dit pendant toutes ces années ?

« Je… J'ai tout effacé. Sauf toi, mon amour. Je t'ai gardée en moi. Tu étais toujours là. »

Votre mariage se profile.

Moi je n'ai pas su. C'est trop bête, j'ai enfin compris l'histoire de mes aïeux. L'éloignement volontaire, la loyauté familiale, le syndrome d'anniversaire… Mon Dieu, je viens seulement de me donner le feu vert. L'expérience n'est pas transmissible.

Qu'y a-t-il au bout de ce couloir ? Après cette lumière, n'y aurait-il que du vide ? Je n'ai plus envie de rien. *Allez, résiste encore, accroche-toi, c'était si beau, cette lumière de tout à l'heure.* Oh, mon amour, passer toute une vie à essayer de comprendre sans vouloir le comprendre. L'inconscient n'oublie pas. Le temps n'existe pas dans l'inconscient. Tu es toujours en moi, mon importance. Sentir monter le désir, c'était déjà brûler. Dès que je t'ai aperçue, j'ai tout de suite su. Je voulais te dire, toute ma vie je t'ai gardée dans mon cœur, toute ma vie j'ai « fermé les yeux pour que ce soit plus fort ». Ce besoin de nous serrer l'un contre l'autre. Parfois, tu avais l'impression d'avoir été caressée toute la nuit parce que je t'avais caressée toute la nuit. Ta peau douce comme du velours, ton visage de Khazare et tes yeux bleus Tangri. Partir trois heures minimum avant notre rendez-vous et savourer, oui savourer, tous les passages alentour. Revoir les Grands Boulevards, prendre l'Orient-Express, traverser la Pologne, les Carpates et la Mongolie. Les jardins du Palais-Royal, il y a cette bonne odeur du mois de juin, tu vas bientôt apparaître. D'abord un petit point de toi. Tu portes une robe d'été, une petite rouge... une petite bleue. Le petit point s'agrandit. Le jet d'eau s'agrandit. Viens plus près. D'abord j'embrasse tes mains, parce que j'aime aussi tes mains, tu sais. J'ai posé mon bras de lecture, « la ville s'endormait et j'en oublie le nom ». Le rêve, c'était ma première nuit avec toi. « Sur le fleuve en amont, un coin de ciel brûlait. » Ce coin de ciel rouge sous la pleine lune, c'était toi, mon amour, toi au-dessus des nuages où le soleil brille toujours. Il faut encore marcher, encore avancer. C'est difficile, je n'y arrive plus. Tous ces éclairs, ces étincelles. Comme

186

un feu d'artifice. Cette lumière tout au bout. Je viens de comprendre, les étincelles sont des êtres qui ne progressent plus. Leur dernière heure n'est pas venue. Psiiiit… retour éclair, direction la Terre. Encore avancer vers la lumière. J'entends des voix. Plein le nez, plein les oreilles. Une forêt à l'aube. Il fait doux. Passer une main sous ton pull et sentir la douceur de ta peau, mon amour.

Encore marcher vers la lumière. D'où viennent les idées ? J'étais allongé, la tête sur ton ventre. Tu me caressais les cheveux, et tout était possible. De quelle clarté ? De quel fantôme ? Est-ce une réaction chimiquement pure ? Un tout petit bout de futur ? Dénouer les nœuds. Simplifier encore. Tout est en relation avec tout.

« — Steve, je vais mourir.

« — Ne te laisse pas aller, bats-toi. »

Marcher encore, ce qui compte, c'est un pas.

« Je ne peux plus me mentir, Oscar, je deviens une personne que lui et moi ignorons. »

Comment était notre Terre, il y a des millions d'années ? Quel est le sens de tout cela ? Encore un pas. Les résolutions ne servent à rien, ce qui compte c'est un pas de rythme et un pas d'imagination. Comment en est-on arrivé là ? Encore un pas… Il n'y a plus de nuages, que du ciel blanc. Comment ont vécu nos ancêtres ? Je sais les levers, les couchers de soleil. Approcher de cette lumière divine, je voudrais que ça dure. Je préfère les levers, c'est la beauté à l'état pur. Quel est le plus beau souvenir de ma vie ? Dire que je te désirais au-delà de la jeunesse et du charme des sens, jusque dans l'ivresse, là où n'ose l'indécence, même jusqu'aux premiers cris d'une naissance. Le présent existe-t-il ? Le passé ? Le futur ? Je crois que le temps ne s'écoule pas dans une seule direction. Qui suis-je ? Pourquoi n'ai-je pas trouvé mon vrai « moi » plus tôt ? Par manque de chance ? De rencontres ? Revoici la lumière. Ma naissance. Qu'y a-t-il au bout de ce cordon ? Une étincelle ? L'éternité ? Que faire de ce lien ? Le caresser ? Le couper ? De un à neuf centimètres. Les contractions commencent à trois. Voyage au centre de la mère. L'accouchement va bientôt débuter. Inspirer. Souffler. Il faut y aller ! Il faut ! Passer ou y passer. Que je le veuille ou non, je dérive, en pleine confusion. Futur en perspective. Chaudes sueurs. Alerte ! L'O_2 de l'air enivre. Saoul d'O_2. Égaré. Quand j'étais... Enfin, où suis-je ? Vision grand angle d'un autre ciel. Deux, un, zéro. Ouvrez les conjonctives. Connexion des neurones. Tempête olfactive. Maintenant, je mute ou meurs. Chut ! Compteurs zéro, images cerveau. Ça cogne comme du sang. La vie arrive, lentement. Tête en bas, j'aperçois une dernière fois ma réalité à l'envers, mon atmosphère pour deux, mon île déserte en creux. Des forceps atteignent mon crâne à proximité. Non ! Est-ce « mon moment » ? Là-haut, c'est rempli de bruits, de chaleur et d'odeurs. Mes premiers cris. Je peux entendre battre mon cœur. Instinctivement, je remonte vers la lumière. La chaude, la douce, la belle lumière. Pénétrer la lumière.

UN DERNIER MOT

Très important. Si vous avez aimé ce livre, laissez-moi dans la foulée votre commentaire sur Amazon. À défaut, écrivez-le à chaud sur un bout de papier ou votre portable et recopiez-le sur le site dès que vous le pourrez. Ce sont vos mots, vos émotions ; c'est pour cela que j'écris ! Cela dit, l'un n'empêche pas l'autre, vous pouvez partager votre plaisir de lecture en recommandant ce roman à vos proches sur vos réseaux sociaux, soyez fou !

CONTACTEZ ANTONY ALTMAN

Sur sa messagerie :
antony.altman@gmail.com

Sur sa page Facebook :
https://www.facebook.com/antonyaltmanauteur

Sur son site Internet
http://antonyaltman.fr

Sur son compte Twitter
https://twitter.com/AltmanAntony

www.ingramcontent.com/pod-product-compliance
Lightning Source LLC
Chambersburg PA
CBHW060154130626
46556CB00006B/2642